D1319657

Nous remercions le ministère du Patrimoine canadien,
la SODEC et le Conseil des Arts du Canada
de l'aide accordée à notre programme de publication
ainsi que le gouvernement du Québec
– Programme de crédit d'impôt
pour l'édition de livres
– Gestion SODEC.

Patrimoine **Canadian**
canadien Heritage

Conseil des Arts **Canada Council**
du Canada **for the Arts**

Nous reconnaissons l'aide financière
du gouvernement du Canada
par l'entremise du Fonds du livre du Canada
pour nos activités d'édition.

Illustré par :
Claude Thivierge

Montage de la couverture :
Grafikar

Édition électronique :
Infographie DN

Dépôt légal : 4e trimestre 2012
Bibliothèque nationale du Canada
Bibliothèque nationale du Québec

1234567890 IM 098765432

Copyright © Ottawa, Canada, 2012

Éditions Pierre Tisseyre
ISBN 978-2-89633-223-6
11445

Le combat
de Twister

• Série Twister, chien détecteur •

COLLECTION
PAPILLON

Le combat de Twister

roman policier

Sylviane Thibault

ÉDITIONS
PIERRE TISSEYRE
www.tisseyre.ca

155, rue Maurice
Rosemère (Québec) J7A 2S8
Téléphone : 514-335-0777 – Télécopieur : 514-335-6723
Courriel : info@edtisseyre.ca

**Catalogage avant publication
de Bibliothèque et Archives nationales du Québec
et Bibliothèque et Archives Canada**

Thibault, Sylviane

Le combat de Twister
(Série Twister, chien détecteur ; 9)

(Collection Papillon ; 182. Roman policier)
Pour les jeunes de 9 ans et plus.

ISBN 978 0 00000-223-6

I. Thivierge, Claude.   II. Titre   III. Collection : Collection
Papillon (Éditions Pierre Tisseyre) ; 182.

PS8589.H435C65 2012   jC843'.6   C2012-941127-2
PS9589.H435C65 2012

Un « ouf »
pour chaque occasion

— **O**uf!

En poussant ce soupir de soulagement, j'éprouve une forte sensation
de déjà-vu. Il me semble que je soupire
beaucoup ces derniers temps. C'est
presque devenu une seconde nature
pour moi. Non pas que j'aime verser
dans le mélodramatique – bien qu'il

m'arrive parfois d'amplifier les choses –, mais je me retrouve souvent confrontée à des situations qui provoquent chez moi des réactions un tantinet exagérées. À ma défense, ce n'est pas toujours facile de conserver une attitude d'héroïne sans peur et sans reproche lorsqu'on est arrêtée dans un aéroport, qu'on affronte des malfaiteurs armés de couteaux à cran d'arrêt ou de revolvers, qu'on tente de percer le funeste secret qui lie un vieil oncle à son neveu, qu'on essaie d'échapper à un voleur durant une tempête, ou à des créatures assoiffées de sang au beau milieu de la nuit, qu'on est prise au piège dans les couloirs du Musée des beaux-arts de Montréal et, pour finir, qu'on tombe sur une pâtisserie louche en achetant un délicieux gâteau de fête[1]. Voyons voir… Quel mot convient le mieux pour réagir à tout ça? Ouf, c'est bien ce que je disais!

---

1. Voir les volets 1 à 8 de la série Twister, de la même auteure, dans la même collection.

Heureusement, mon dernier ouf n'est pas lié à un quelconque danger. En fait, peut-être un peu, quand j'y pense. J'étais en danger de me voir coller une retenue pour un nouveau retard en classe. Je sais, une retenue, ce n'est rien à côté de toutes les mésaventures qui me sont arrivées depuis environ un an et demi. Mais ces mésaventures n'étaient pas vraiment ma faute, alors mes parents ne pouvaient pas me gronder. Évidemment, ils pouvaient me reprocher de ne pas avoir été entièrement honnête avec eux, ou d'avoir souvent trop attendu pour confier mes soupçons ou mes craintes, mais de là à me punir ? Allons donc ! Une retenue, c'est une autre histoire !

Pour une fois, je ne peux pas blâmer Twister, mon beau labrador noir adoré, qui a le don de fourrer sa truffe un peu partout et de m'entraîner dans des intrigues rocambolesques. Ce cher Twister a les épaules larges, mais il y a des limites. Il n'est même pas avec moi, alors pas question de lui faire porter le chapeau de mes bêtises. À l'heure qu'il est, il doit être sagement couché sur la carpette de ma chambre à attendre mon retour. Il a le droit de se reposer après avoir travaillé durant de nombreuses années pour le Service des chiens détecteurs de l'Agence des services frontaliers du Canada. En compagnie de Jean-Guy Desrosiers, son ancien maître devenu aujourd'hui un bon ami, mon toutou a fait de beaux coups de filet en débusquant des objets illégaux – stupéfiants et armes à feu – cachés par des malfaiteurs peu soucieux du respect des lois. Enfin, « se reposer » n'est pas le verbe approprié, puisque mon chien a continué de traquer des bandits, même après sa supposée retraite. Quoique, depuis que je suis entrée au secondaire, les choses se sont un peu calmées. Voilà bien deux semaines que je suis tranquille !

D'accord, au risque de me répéter, « tranquille » n'est pas le terme qui convient non plus, étant donné que je ne me suis pas encore adaptée à ma nouvelle vie d'étudiante de secondaire. Changer de salle de classe toutes les heures? Dans ce dédale de corridors? Je n'y arrive tout simplement pas! Mon collège est si grand que le mythique labyrinthe du Minotaure devait être un jeu d'enfant en comparaison. Au moins, la célèbre Ariane avait une pelote de fil pour retrouver son chemin, elle! Je me vois mal dérouler de la laine derrière moi pour ne plus m'égarer! Alors, je vous le demande, comment puis-je arriver à temps en classe quand je n'ai que sept minutes pour changer de local? Le pire, c'est quand je dois quitter le gymnase tout en bas pour me rendre en classe d'arts plastiques au quatrième étage. Et je dois me changer par-dessus le marché? Ah!

C'est précisément ce que j'ai dû faire tout à l'heure. Comme d'habitude, j'ai manqué mon coup. J'ai mis les pieds dans la salle de cours à peine cinq secondes après la cloche, et boum! un avis de retard. Un autre et je ne pourrai plus y échapper : j'aurai bel et bien une retenue ! Car la période probatoire – on se croirait en prison – est terminée depuis une semaine. En principe, je devrais connaître par cœur tous les passages de mon collège, ce qui est loin d'être le cas. Quelle excuse pourrais-je donc trouver pour justifier ces écarts de conduite ?

Conduite ? Bien sûr ! C'est ça ! Je sais quoi dire à mes parents quand ils signeront cet avis de malheur. Physiquement, je suis le portrait craché de ma mère, avec mes cheveux noirs frisés et mes yeux violets. Côté caractère, cependant, je ressemble à mon père. Combien de fois ai-je entendu maman lui reprocher son absence de sens de l'orientation au cours d'une balade en voiture ? Sans le GPS que maman lui a offert pour son anniversaire, papa perdrait son temps à tourner en rond dans les villes et les villages que nous visitons. De toute évidence, moi non plus, je n'ai pas le sens de l'orientation. Je trouverais le moyen de me tromper même si mon collège ne comportait que trois corridors se rejoignant au centre sur une seule salle de classe!

Une voix masculine me tire brusquement de mes pensées, me faisant sursauter.

— Mademoiselle Ledoux!

Je lève promptement la tête. Mon enseignant m'observe d'un air sévère. Oups! J'étais perdue dans mes pensées. Je n'ai absolument rien écouté de ce qu'il vient de dire. Décidément, les corridors du collège ne sont pas les seuls endroits où je m'égare. Est-ce que monsieur Tremblay m'a posé une question? Si oui, que dois-je répondre? Je sens mes joues devenir bouillantes. Ça y est! Je suis sûre qu'elles sont écarlates. Je décide de me montrer honnête, en espérant qu'une faute avouée soit réellement à moitié pardonnée.

— Euh... Je suis sincèrement désolée, monsieur, dis-je sur un ton aussi poli que repentant. J'étais dans la lune. Pouvez-vous répéter?

— Eh bien, si vous vous trouviez sur ce lointain satellite, cela explique votre nouveau retard, ironise mon enseignant, provoquant des rires moqueurs dans la classe. Je vous faisais remarquer que tous vos camarades ont en main leur crayon et se sont déjà mis au travail. N'oubliez pas que vous devez dessiner votre autoportrait. Par ailleurs, si j'étais vous, je ferais provision de pastels rouges. Vous en aurez grandement besoin...

Un coup d'œil dans le miroir qui doit nous servir à immortaliser nos traits sur papier confirme mes craintes : mes joues ont adopté une teinte pourpre qui trahit nettement mon embarras. Je rougis facilement, mais alors là, je bats un nouveau record ! Pour cacher ma gêne, je me mets à la recherche de la boîte de crayons que j'avais glissée dans mon sac. Monsieur Tremblay se penche à mon oreille.

— Tout de même, un petit effort, Joséphine. Je sais que vous en êtes

capable, termine-t-il en me faisant un sourire rassurant.

Je le lui rends, soulagée de ne pas avoir récolté un autre avis, cette fois pour mon manque d'attention. Tout en commençant mon dessin, je me demande si mes amis Catherine et Vincent ont autant d'ennuis que moi, aujourd'hui. J'ai hâte de les retrouver à l'heure du dîner. Par malheur, notre horaire n'est pas complètement compatible. Au moins sommes-nous tous les trois au même collège. C'est déjà ça de gagné! Quoique, à un moment, j'ai eu peur que Catherine me laisse tomber. Quand elle a su qu'elle aurait à porter un costume – une collection de quelques chemises blanches, trois jupes, deux pantalons, deux cardigans et un veston, tous dans des tons de gris, de bleu marine et de vert –, elle a failli abandonner. Pauvre Catherine! Elle qui est si coquette d'ordinaire, il a fallu bien des discussions avec ses parents pour la convaincre qu'elle n'en mourrait pas. Mais c'est moi qui ai porté le coup de grâce en lui faisant comprendre que les détectives en talons hauts et en minijupes, on ne voit ça que dans les films, et que si elle voulait en devenir une plus tard, elle ferait bien de s'habituer aux uniformes. Elle a fini par capituler et j'en ai été quitte pour lancer un autre ouf, celui-ci victorieux.

Dans mon cas, l'uniforme ne me dérange aucunement. Étant donné que mon rêve, c'est de devenir maître-chien comme Jean-Guy, autant m'y faire dès maintenant. En attendant, je suis soulagée de toujours savoir quoi me mettre sur le dos. Avec mes retards, s'il fallait que je prenne le temps de réfléchir à mes vêtements, je ne serais pas à l'école avant l'après-midi ! Quant à Vincent, outre la cravate obligatoire – qui lui confère pourtant une allure plus mature –, il n'y a pas vu d'objection. Sur ce point, nous nous ressemblons, lui et moi.

Parlant de ressemblance, je me rends compte, après un rapide examen, que mon autoportrait ne remporte pas la palme dans cette catégorie. Je n'en suis qu'à l'esquisse, mais je dois quand même accepter ce que je ne peux pas changer : je n'ai absolument aucun talent pour le dessin. Ou du moins, pour dessiner des portraits. Sur papier, mes cheveux ne sont pas assez frisés – mon subconscient a sans doute pris le dessus, car j'aimerais qu'ils soient lisses et démêlés –, mes iris sont plus mauves que violets, comme si je venais non pas de la Lune mais d'une lointaine planète, mes lunettes sont trop petites pour mon visage, tandis que mon nez, lui, est beaucoup trop gros. Ironiquement, seules mes joues rouges sont mignonnes !

Je prends une pause d'une ou deux minutes, question de reposer mes yeux fatigués. Je retire mes lunettes pour frotter vigoureusement mes paupières. Comme je suis assise directement à côté d'une fenêtre, j'en profite pour regarder à l'extérieur. D'où je me trouve, j'ai une vue imprenable sur le parc et l'immense forêt qui ceinture le collège. Si seulement nous avions pu illustrer les sapins, les érables, les bouleaux et les chênes majestueux, je suis persuadée que j'aurais obtenu un meilleur résultat que ce portrait désastreux, indigne même d'une caricature, qui me vaudra une note tout aussi désastreuse.

Afin de mieux me perdre dans la contemplation de la nature, je remets mes lunettes sur mon nez. J'aperçois alors un couple de tamias qui gambadent joyeusement entre les arbres. Ça, c'est inspirant. J'aurais pu les inclure dans mon dessin et intituler ma toile *Tic et Tac à mon collège.* Ils sont tellement mignons, tous les deux. Des amoureux, peut-être? Je me demande si les tamias passent leur vie entière ensemble... Chose certaine, ils n'ont pas hésité autant que moi avant de dénicher l'âme sœur. Entre Vincent et Anthony, le grand frère de Catherine, je me demande si j'arriverai à faire mon choix un jour. Bien que je soupçonne que mes meilleurs amis me faciliteront la tâche. Il me semble que Catherine et Vincent se chamaillent beaucoup moins qu'auparavant…

Une silhouette sortie d'entre deux bouleaux attire mon attention. En plissant les yeux, je constate qu'il s'agit d'un homme, grand, cheveux bruns mi-longs en partie cachés par une casquette d'un vert très foncé. En fait, il est vêtu de cette couleur de la tête aux pieds. Manifestement, la mode est aux uniformes, ces temps-ci ! Mais qui donc porte ce vert ? Un employé municipal chargé de nettoyer le parc, peut-être ? Ce serait logique. Mais pourquoi alors s'approche-t-il des tamias ? À moins qu'il ne veuille les nourrir. Si c'est le cas, il ferait mieux d'être prudent. C'est joli mais ça mord, ces petites bêtes-là ! Mon père, qui adore les animaux, me dit néanmoins très souvent : « Un animal, ça demeure un animal. » Eh oui, même mon Twister, s'il se sent menacé, ou s'il s'aperçoit que je suis en danger, devient mauvais. J'en ai été témoin à plusieurs occasions, et j'aime autant ne plus y penser. Heureusement qu'en des circonstances normales, il ne ferait pas de mal à une mouche, mon bon gros toutou.

L'inconnu de la forêt fouille dans un sac à bandoulière qu'il transporte sur son épaule. Apparemment, j'avais raison. Il cherche de la nourriture pour les petits suisses. Je ferais une détective efficace, moi aussi. Oui, bon, comme exploit, on a déjà vu mieux, mais il faut bien commencer quelque part. Ma fierté quant à ma capacité de déduction est toutefois de courte durée. L'homme sort de son sac une cage et un filet semblables à ceux qu'utilisent les pêcheurs. Étrange... Que veut-il faire? Il n'oserait quand même pas...

J'ai à peine formulé une hypothèse que l'individu fait un bond rapide en direction des tamias et les attrape à l'aide de son filet. Les pauvres bêtes se débattent férocement, mais restent prises dans les mailles. L'homme en profite pour enfiler des gants épais et les transférer sans ménagement dans la cage, avant de disparaître dans

les bois. Pourquoi donc agit-il ainsi ?
A-t-il peur de se faire mordre ? Il
n'avait qu'à laisser ces pauvres bêtes
tranquilles ! Pour quelle raison a-t-il
capturé ces tamias ?

Des images de films de science-
fiction surgissent tout à coup dans
ma tête. Je me rappelle avoir regardé
quelques épisodes d'une vieille série
télévisée des années 80 avec mon père.
Des lézards géants extraterrestres se
nourrissant de rongeurs y adoptaient
une forme humaine dans le but secret
d'envahir la Terre. J'en ai encore des
frissons, quand j'y pense ! À moins
que... Et si cet inconnu était un
homme en noir, à l'image de ceux qui
viennent enquêter incognito lorsque
des ovnis se sont prétendument
pointés dans le ciel, ou écrasés au
beau milieu du désert du Nevada ?
Area 51, ce n'est pas si difficile à croire
que ça. Qui sait ? Il y a peut-être une
Area 52, ici même, au Québec ? Et au
lieu de porter du noir, les hommes
sont vêtus de vert pour se fondre dans
notre paysage de forêts boréales.

Ouf! Je prends quelques bonnes inspirations pour calmer mon imagination, qui a tendance à s'emballer contre ma volonté. Vivement que le cours finisse et que j'aille retrouver Catherine et Vincent au dîner pour leur en parler. Car j'ai beau être myope, et les événements dont je viens d'être témoin ont beau s'être déroulés en moins de dix secondes, je suis certaine que je ne me suis pas trompée et que j'ai vu ce que j'ai vu.

J'ai maintenant besoin de renfort pour découvrir la signification exacte de cette scène troublante...

2

Le mystère s'épaissit...
comme une forêt

— **V**enez par ici! J'ai trouvé quelque chose!

Catherine et Vincent me rejoignent en vitesse. Nous avons mangé en moins de cinq minutes, tous les trois, puis nous sommes sortis pour jeter un œil aux abords de la forêt. C'est l'un des avantages de l'école secondaire : nous ne sommes pas obligés de rester à l'intérieur du collège ou de la cour. Nous pouvons nous promener aux alentours, et même manger au restaurant si le cœur nous en dit. Si bien sûr nos parents sont d'accord et s'il nous reste un peu d'argent de poche à dépenser. De ce côté-là, aucun problème, puisque notre entreprise de paysagement connaît toujours un franc succès auprès des voisins. Pourvu que nous soyons prudents et que nous revenions à temps en classe – sur ce point, j'ai du chemin à faire –, nous sommes libres de sortir à l'heure du dîner.

Quand je leur ai raconté l'épisode de l'homme en vert, mes copains ont tout de suite voulu connaître le fond de l'histoire. Surtout Catherine, qui n'a pas perdu de temps pour attraper son petit calepin de notes et son crayon. Je sais très bien ce que ça veut dire : elle s'est mise en tête de percer à jour un nouveau mystère. Pour elle, l'enquête a commencé dès lors que j'ai aperçu l'individu rôder. Pour ma part, j'aurais préféré attendre un peu avant de m'exciter, mais j'avoue que ma curiosité a été piquée. Et quand cela se produit, je ne peux plus reculer.

— Qu'est-ce que c'est, Joséphine? me demande ma copine. Un premier indice?

— N'exagère pas! lance Vincent. Pour parler d'indices, il faut d'abord qu'il y ait eu un crime.

— Il y en a eu un, je te signale. Joséphine a vu un homme voler des tamias! C'est un kidnapping, en quelque sorte.

— Un *suisseknapping,* tu veux dire, se moque Vincent. Je me demande comment leurs parents vont payer la rançon... Souhaitons que le ravisseur sache se contenter de *peanuts.*

Je pouffe de rire. Je m'attends à ce que Catherine se mette en colère et qu'une dispute s'ensuive car, jusqu'à tout dernièrement, mes amis avaient le don de se faire enrager mutuellement. Cette fois pourtant, Catherine glousse plus fort que moi, avant de donner une tape amicale sur l'épaule de Vincent.

— Sois un peu sérieux, veux-tu? Ce n'est pas le moment de me déconcentrer. Il faut trouver une explication.

Vincent lui fait un clin d'œil complice en guise de réponse. J'ouvre la bouche toute grande, mais je n'ajoute rien. Décidément, les choses ont bien changé...

— Alors, Joséphine, qu'as-tu trouvé? reprend Vincent.

— Des traces de pas.

— C'est tout? s'exclame Catherine, déçue.

— C'est déjà ça, dis-je, légèrement vexée.

— Je ne veux pas te décevoir, Joséphine, mais ces traces de pas pourraient appartenir à n'importe qui, me fait remarquer Vincent. Beaucoup de gens viennent se promener ici.

— Peut-être, mais ces traces se trouvent exactement à l'endroit où l'inconnu s'est déplacé il y a moins de vingt minutes! J'avais remarqué les deux bouleaux qui se croisent, et l'immense chêne tout à côté.

— Joséphine a raison, tranche Catherine. Des traces de pas, c'est mieux que rien. Nous devrions les dessiner, ou les prendre en photo, suggère-t-elle. Quelqu'un a son cellulaire?

— Moi, je l'ai.

Tout en parlant, je sors le petit appareil que mes parents m'ont offert pour la rentrée scolaire. À n'utiliser qu'en cas d'urgence, bien entendu. Pas question de me mettre à envoyer des messages textes durant les heures de cours, sans quoi je perdrais bien plus de privilèges que le cellulaire en question. Mes parents ayant été très clairs à ce sujet, je n'ai même pas osé le sortir de ma poche avant aujourd'hui.

Je me penche sur les empreintes. Je prends quelques clichés, sous tous les angles possibles. L'individu a de grands pieds, c'est certain. Plus grands que ceux de mon père, je dirais. Je fais part de mes conclusions à mes amis.

— L'homme mesure probablement près d'un mètre quatre-vingt-cinq. D'après la taille des empreintes, je présume qu'il dépasse mon père de plusieurs centimètres.

— Elles font deux fois la taille des miennes, constate Vincent en posant un pied parallèlement à l'une des traces. Un vrai « Big Foot », notre lascar !

— Résumons, lance Catherine, pragmatique. Un homme grand, vêtu de vert, qui attrape des tamias avec un filet pour les placer dans une cage, note-t-elle dans son cahier. Que savons-nous d'autre ?

— Pas grand-chose, en fin de compte, se désole Vincent. L'hypothèse la plus plausible serait que cet individu est un agent de la faune. Il veut peut-être étudier les tamias de plus près ?

— À moins que...

— À moins que quoi, Joséphine ? me presse Catherine.

— Des cas de rage ont peut-être été signalés dans la région. On dit souvent que les petits animaux comme les tamias peuvent transmettre des maladies. Est-ce que l'un d'entre vous a entendu parler de quoi que ce soit?

Mes camarades secouent négativement la tête.

— J'imagine que s'il y en avait, la ville aurait émis un avertissement, non? interroge Vincent. À la télévision, à la radio ou sur les panneaux d'affichage installés sur le boulevard.

— Sans doute, approuve Catherine. Pour ma part, je n'ai rien vu.

Je ne suis pas rassurée pour autant. S'il fallait qu'il y ait des animaux enragés non loin de chez moi... Je songe à mon brave Twister. Lui qui a l'habitude de faire fuir les petites bêtes qui osent pénétrer dans notre cour, comme les écureuils et les suisses, justement, qu'arriverait-il s'il se faisait mordre? S'il attrapait cette terrible maladie? Je ne pourrais pas le supporter!

Vincent, qui a remarqué le léger tremblement qui m'agite, passe un bras autour de mes épaules.

— Ne sautons pas aux conclusions, Joséphine. Pour l'instant, il n'est pas question de rage. Je sais que Twister adore pourchasser les rongeurs. Il est vacciné au moins?

— Oui...

— Pour nous rassurer, nous devrions faire quelques recherches sur les sites Internet de nouvelles. Et aussi sur les sites de l'Hôtel de Ville et du ministère des Ressources naturelles et de la Faune. Peut-être y trouverons-nous des renseignements, d'accord?

— Excellente idée! approuve Catherine. Ce soir, chez moi, ça vous va?

— C'est parfait, acquiesce Vincent. Mes parents n'y verront pas d'inconvénient. Je n'ai pas encore de devoirs à faire. Au moins, nos profs nous laissent le temps de nous ajuster au collège avant de nous submerger de travaux.

— C'est entendu, on se retrouve chez toi à dix-huit heures, dis-je à Catherine.

Elle consulte sa montre.

— Très bien. En attendant, nous avons encore quelques minutes avant la reprise des cours. On marche un peu dans la forêt?

J'hésite. Et si des animaux enragés s'y trouvaient réellement? Twister est vacciné… mais pas nous!

— Ne t'en fais pas, Joséphine, me rassure ma copine, qui me connaît mieux que quiconque et qui peut pratiquement lire dans mes pensées. Nous n'irons pas trop loin. Juste nous dégourdir un peu les jambes.

— Évidemment. Et si nous trouvons un autre indice par la même occasion, tu n'en seras pas fâchée non plus, n'ai-je pas raison, mademoiselle la détective? poursuit Vincent, qui connaît Catherine autant qu'elle me connaît…

Catherine ne répond rien, mais rougit jusqu'aux oreilles. Je ne sais si je dois être soulagée de ne pas être celle qui rougit, pour une fois, ou intriguée de savoir pourquoi Catherine réagit ainsi. Je décide que, pour le moment, il y a des choses plus importantes avec lesquelles me tourmenter. Par exemple…

— Il y a quand même un truc qui me chicote, dis-je en enjambant quelques branches tombées sur le sentier qui s'étire devant nous.

— Quoi? me questionnent Catherine et Vincent en chœur.

— Si l'homme était un agent de la faune, pourquoi n'ai-je pas vu de camion identifié? Ou une voiture, au moins? À bien y penser, il n'y avait aucun véhicule dans les environs. Et pourquoi, lorsqu'il a capturé les tamias, le type a-t-il disparu avec eux dans la forêt, si c'était pour les examiner en laboratoire?

Mes amis haussent les épaules, mais leur visage reflète leur perplexité. Un bruit de craquement nous fait sursauter.

— Désolé, les filles, commence Vincent. J'ai dû marcher sur des branches mortes.

Je baisse les yeux et j'ai peine à retenir une exclamation d'effroi. À côté de moi, Catherine devient pâle comme un linge. Quant à Vincent, il est incapable d'esquisser le moindre mouvement.

Ce ne sont pas des branches mortes qui ont produit ce craquement sinistre. Ce sont des os !

3

Deux rats,
morts ou vifs !

Catherine, Vincent et moi sommes assis côte à côte en classe d'écologie. C'est le seul cours que nous avons ensemble. Tant mieux, parce que je crois que si j'avais eu à être seule en classe – eh oui, on peut parfois se sentir isolé même au beau milieu d'une foule –, j'aurais craqué ! Oups ! Mauvais choix de mot dans les circonstances. Je vois encore dans ma tête l'amas de petits os gisant en forêt. Ces pauvres tamias enlevés par l'inconnu sont-ils destinés à cette fin terrible, eux aussi? Au moins suis-je un peu rassurée en sachant que ces ossements ne pouvaient pas appartenir à autre chose qu'un minuscule animal. Quelle horreur s'il avait fallu que nous tombions sur des restes humains. Combien de fois entend-on ce genre d'histoires macabres aux journaux télévisés du soir? «Hier, vers dix-neuf heures, des randonneurs ont eu la malencontreuse expérience de trouver des ossements en forêt.»

Tout en ouvrant mes cahiers, j'observe mon environnement. Le terme «environnement» est vraiment approprié. On se croirait en pleine jungle. Dans des cages, des lapins se régalent de morceaux de carotte et de laitue, des hamsters s'amusent à courir sans relâche dans leur roue d'exercice et des souris se promènent dans des labyrinthes de verre. Dans les vivariums, des tarentules marchent lentement sur des roches artificielles et des caméléons se font dorer sous une ampoule censée remplacer le soleil. Enfin, dans le plus imposant vivarium, un boa constrictor fait la sieste, lové sur une énorme pierre plate. Mais je ne m'y fie pas. Je sais que si on ouvrait le couvercle, il ramperait vers une victime, s'enroulerait autour de son cou et l'étoufferait.

— Est-ce que nous allons bientôt pouvoir disséquer un rat? s'informe un étudiant, me tirant de mes sombres pensées.

Disséquer un rat? Oh, non! Je jette un regard paniqué à Catherine et à Vincent. Mes amis n'ont pas l'air plus rassurés que moi.

— Disséquer un rat? s'exclame madame Dubé. Au risque de vous décevoir, vous ne ferez pas cela avant plusieurs années, en biologie.

Les élèves se mettent à chahuter, visiblement déçus. Pour ma part, je pousse un soupir de soulagement... encore! Mais alors que je crois être sortie du bois, notre enseignante nous fait une proposition encore pire.

— Arrêtez de me huer, montrez un peu de respect. Je ne suis pas une vedette rock qui vient de manquer sa note! se défend-elle. J'ai autre chose en tête qui devrait vous plaire tout autant. Victor a besoin d'être nourri, ce matin.

— Victor? interroge un garçon que je ne connais pas.

— Victor le boa constrictor, précise notre enseignante. Amusant, non?

Les étudiants pouffent en entendant cette rime. Moi? Je suis découragée car, comme je l'ai appris hier en classe de français, je me prépare à tomber de Charybde en Scylla, ou de mal en pis, si vous préférez. Comment choisir entre affronter Charybde, la fille de Poséidon qui engloutit la mer et les bateaux trois fois par jour, ou Scylla, autrefois nymphe transformée en monstre marin au cri terrifiant, qui dévore les marins ayant osé s'aventurer près d'elle? Comment choisir entre disséquer un rat mort ou en voir un se faire dévorer vif par un boa? Dégoûtant, tout simplement

dégoûtant! Je sais fort bien que c'est là où madame Dubé veut en venir avec son Victor affamé... Elle va lui donner une petite bête sans défense en pâture!

— Venez près du vivarium de Victor et attendez-moi une minute.

Elle se dirige vers le fond de la classe, là où se trouve une cage remplie de mignonnes gerbilles brunes et grises. Oh, non! Pas ça! Pas les souris! Je suis sans doute hypocrite, puisque j'ai déjà aidé mon père à installer des pièges dans la maison quand maman a trouvé ses mitaines pour le four toutes rongées, mais de là à vouloir assister à la mort de l'une d'entre elles en direct, c'est une autre histoire! Je n'ai jamais voulu les voir une fois prises au piège, alors pourquoi devrais-je regarder un serpent en ingurgiter une aujourd'hui?

Madame Dubé dépasse la cage et ouvre un petit réfrigérateur que je n'avais pas remarqué en arrivant en classe. Elle en sort un sac plastique, dans lequel se trouve un petit paquet de viande informe. Ce pourrait être une souris, un rat, ou toute autre nourriture adaptée aux serpents, je n'en sais rien. De toute façon, je ne suis pas sûre d'avoir envie de le savoir. La seule chose qui importe, c'est que je n'assisterai pas au massacre d'une souris ou d'un rat vivant, et j'en suis fort aise.

— Tu n'aurais pas assisté à un massacre, m'indique Vincent lorsque nous nous dirigeons vers la sortie du collège à la fin de la journée. D'après un documentaire que j'ai vu à la télévision, les boas constrictors avalent leur proie tout rond. C'est précisément ce que Victor a fait. C'était même assez impressionnant de le voir tout endormi, puis se réveiller lorsque madame Dubé a déposé sa collation dans le vivarium. Il a aussitôt adopté l'attitude d'un prédateur.

— C'est rassurant, dis-je.

— Ouvre donc les yeux, la prochaine fois. Tu verras qu'il n'y a aucune raison d'être nerveuoc en classe d'écologie. À moins que tu ne sois en retard, me taquine mon copain.

— Ah, ah, ah! Très drôle! On ne plaisante pas avec les retenues, môssieur Vincent. Si...

— Ne commencez pas, tous les deux! nous coupe sévèrement Catherine. Ce n'est pas le moment!

Alors ça, c'est vraiment nouveau! Catherine qui nous empêche de nous disputer, Vincent et moi? C'est le monde à l'envers!

— Venez plutôt voir par ici, fait-elle en s'approchant d'un babillard qui sert à afficher des petites annonces de toutes sortes.

— Des feuillets qui vantent les avantages de participer à des activités parascolaires, remarque Vincent. Et alors? Entre nos cours, le paysagement et tes fameuses enquêtes, je ne pense pas qu'il nous reste du temps libre.

— Regardez un peu mieux, nous encourage Catherine. Il y a d'autres affiches.

— *Avons perdu notre chaton beige clair, âgé de trois mois*, lit Vincent.

— *À la recherche de notre bébé chat. Deux mois, noir et blanc, il répond au nom de Froufrou.*

— Et ici, Joséphine, encore une, m'interpelle Catherine. *Perdu un petit labrador chocolat, disparu depuis huit jours.*

Un labrador perdu ? Je ne peux m'empêcher de penser à Twister. Que ferais-je s'il disparaissait ?

— Avec ce qui vient de se passer, je me demande..., murmure soudain Catherine sur le ton de la confidence.

— Tu te demandes quoi ?

— Je me demande si le vol des tamias peut avoir un lien avec toutes ces disparitions d'animaux survenues dans le quartier.

Vincent fronce les sourcils.

— Je ne vois pas lequel...

— Moi non plus, mais avouez que c'est bizarre.

— Au moins, nous savons que ces petites bêtes ne serviront pas à nourrir un boa constrictor, plaisante Vincent. Il n'y en a pas, par ici. Ils vivent surtout en Amérique centrale, en Amérique du Sud et dans les Caraïbes, ajoute-t-il, heureux de faire étalage de son savoir.

Catherine demeure silencieuse. Oh, oh...

— À moins qu'il y ait des animaux exotiques dans la région et qu'on ne le sache pas.

— Voyons, Catherine! Ne commence pas! Tu nous as déjà effrayés avec tes vampires, n'essaie pas de nous faire croire que des serpents se promènent en liberté, maintenant!

— Pas en liberté, Vincent. Mais il y a des boas en vente dans les boutiques d'animaux.

— En effet, dis-je. Mais on y vend aussi de la nourriture spéciale pour les serpents. Pourquoi se donner la peine d'attraper des tamias ou de kidnapper des animaux domestiques ?

— Pour épargner sur le coût de la nourriture ? suggère Catherine.

— Plausible, note Vincent, mais ce serait se donner beaucoup de mal pour quelques dollars…

— À moins que les animaux exotiques n'aient pas été achetés ici, au Québec, insiste Catherine. Ils sont peut-être entrés au pays illégalement. Ça me fait penser à Twister.

Twister ? Mais que vient-il faire dans cette histoire ? Devant mon air perplexe, Catherine continue :

— Twister était un chien détecteur.

— « Était » ?

— D'accord, son flair est toujours aussi bon qu'avant, il nous l'a prouvé. Il peut débusquer des drogues et des armes à feu cachées par des bandits, n'est-ce pas ?

— Je sais tout ça, mais…

— Attends ! Il y a aussi des chiens détecteurs pour la nourriture. C'est toi-même qui me l'as appris. On n'a pas le droit de faire entrer au pays des produits agricoles, par exemple du porc ou du bœuf, ou encore des fruits exotiques qui peuvent être porteurs de parasites ou de maladies. Cela n'empêche pas les gens d'essayer de le faire.

Je hoche la tête, comprenant un peu mieux où Catherine veut en venir. Vincent m'imite.

— Tu penses qu'on aurait affaire à des gens qui font de la contrebande d'animaux exotiques ?

— C'est une théorie que nous ne devrions pas écarter d'emblée, confirme Catherine.

— Mais des trafiquants de serpents ?

— De serpents, Joséphine, ou alors... d'autre chose !

Mes amis et moi nous regardons en silence. Cette piste est plus inquiétante que n'importe quelle autre...

4

Et pourquoi pas un abominable Sasquatch ?

Catherine, Vincent et moi sommes installés dans la chambre de ma copine, devant l'écran d'ordinateur. Twister, que j'ai bien sûr emmené avec moi, est assis près de nous, réclamant périodiquement des caresses. Voilà près d'une heure que nous fouillons différents sites Internet, à la recherche d'indices sur les animaux domestiques disparus dans le quartier, ou sur la présence possible de cas de rage dans les environs. Résultat ? *Nada* ! Zip ! Le néant ! Pas le moindre petit renseignement.

— Tu es certain que le site du ministère des Ressources naturelles et de la Faune ne mentionne rien ? insiste Catherine.

Vincent lève les yeux au plafond. Ses doigts s'arrêtent momentanément de taper sur le clavier.

— Tu l'as vu comme moi, non ? Pas de cas de rage, pas de disparitions inexpliquées, pas d'extraterrestres dans les environs, termine-t-il en me lançant un clin d'œil taquin.

Je lui retourne un regard noir, mais je m'abstiens de faire un commentaire. Ça m'apprendra à dire tout haut ce qui me passe par la tête ! Soit, mon hypothèse sur les extraterrestres et *Area 52* est légèrement tirée par les cheveux. Mais celle de Catherine l'est tout autant. Néanmoins, je ne peux m'empêcher de frissonner en imaginant des milliers de serpents gluants qui rampent en forêt. Ça me rappelle une scène d'*Indiana Jones et le temple maudit*. Un autre film de la collection de papa, qui tient absolument à me faire découvrir les longs métrages de son adolescence (j'ai tellement de difficulté à imaginer mon père en ado !). Dans cette scène traumatisante, le pauvre Indi tombe dans une fosse remplie d'horribles crotales. Non, décidément, il faut que je me ressaisisse. Si j'ai appris quelque chose au cours des dernières années, c'est qu'il y a une explication logique à tout. Ce sera sûrement pareil pour ces kidnappings d'animaux. Il suffit de trouver laquelle. Mais c'est beaucoup plus facile à dire qu'à faire…

— Nous pourrions examiner les sites des bandits les plus recherchés. Peut-être y verrons-nous un homme qui ressemble à celui que j'ai aperçu…

— Je ne pense pas que le vol de tamias justifie une apparition sur la liste des dix criminels les plus

recherchés par le FBI, Joséphine!
s'exclame Vincent.

— Pas besoin de te moquer, je fais
ce que je peux!

— Tu fais ce que tu peux à quel
sujet? demande une voix derrière moi.

Je me retourne, le cœur battant et
les jambes molles. Anthony, le frère de
ma copine, se tient derrière mon dos,
penché par-dessus mon épaule pour
mieux voir le moniteur. Maintenant
qu'il est là, je ne peux pas détacher
mes yeux de lui. C'est moi, ou il a
encore grandi dernièrement? Il est
allé au gymnase, ça c'est certain, parce
que ses épaules se sont élargies, et
les muscles de ses bras ont pris du
volume. C'est ça, ou bien sa nouvelle
coupe de cheveux ne les cache plus,
tout simplement. Il arbore maintenant
une coiffure très courte, avec un tou-
pet relevé qui me rappelle Tintin. C'est
séduisant comme tout, mais je me
retiens de le lui faire remarquer. J'ai
eu ma leçon et j'essaie désormais de
tenir ma langue. Mes joues me tra-
hissent déjà suffisamment comme ça!

— Euh… euh…

Bravo, Joséphine. Il y a une différence entre tenir ta langue et ne pas répondre intelligemment à une simple question. Toujours aussi loquace en présence des garçons ! me dis-je, déçue de mon manque d'assurance.

Anthony me gratifie d'un regard amusé.

— Salut, Twister, fait-il en s'accroupissant pour flatter mon chien, qui bat de la queue de contentement. C'est drôle, la dernière fois que je vous ai surpris en train de fureter dans Internet, vous faisiez des recherches sur les vampires[2] ! nous taquine-t-il. Vous cherchez quoi, aujourd'hui ?

— Des animaux enragés ! lâche spontanément Catherine.

Anthony se relève d'un coup, comme s'il s'attendait à en voir surgir un de l'écran. Twister l'imite, à croire qu'il a compris de quoi nous discutons, lui aussi. J'ai d'ailleurs l'impression que c'est le cas.

---

2. Voir *Twister et la menace invisible*, de la même auteure, dans la même collection.

— Des animaux enragés? Pourquoi? nous questionne Anthony.

Vincent, Catherine et moi nous consultons du regard. Ma copine décide de tout raconter à son frère.

— Il pourra sans doute nous aider, lance-t-elle avant de rapporter les événements de la journée.

Lorsqu'elle a terminé, Anthony éclate de rire.

— Des serpents en liberté dans la nature? Et pourquoi pas un Sasquatch, tant que vous y êtes?

— Un Sasquatch? Qu'est-ce que c'est que ça? s'étonne Catherine.

— «Big Foot», ça te rappelle quelque chose? ironise Vincent.

Un frisson me traverse la colonne vertébrale. Je me souviens de la blague qu'il a faite aujourd'hui quand nous examinions les empreintes de pas. Aurait-il visé juste, sans le savoir?

— Un Sasquatch, c'est une espèce d'Abominable Homme des Neiges, ou un Yéti si vous préférez, dis-je pour me donner une contenance. Celui-ci ne vivrait pas au Népal, mais plutôt au Canada et aux États-Unis. Depuis plus d'un siècle, plusieurs ont juré avoir aperçu cette créature mi-homme, mi-singe, mais personne n'a jamais réussi à prouver son existence.

Mes amis m'observent, incrédules. Un silence embarrassé s'installe. Oups! On dirait bien que j'ai trop parlé, cette fois!

— Euh... Désolée pour la conférence. C'est que j'ai fait une recherche là-dessus en cinquième année.

— Eh bien, bravo! Je suis impressionné par tes connaissances, Joséphine, m'encourage Anthony, faisant de nouveau monter le rose à mes joues. Mais il ne faut pas s'emballer pour autant.

— Tu ne peux quand même pas nier qu'un vol de tamias est assez insolite, affirme Catherine.

Anthony réfléchit quelques secondes.

— J'avoue que c'est particulier, admet-il enfin. Mais je pense que l'hypothèse de Vincent demeure la plus plausible. L'homme devait travailler pour le ministère de la Faune. Quant aux ossements, il peut s'agir des restes du repas d'un oiseau de proie. Je doute qu'il y ait dans le coin des serpents, un Sasquatch ou un Big Foot, peu importe comment vous voulez l'appeler. Mais des buses, des chouettes, des éperviers, ou même des petits faucons, pourquoi pas?

— Et les autres animaux disparus, interroge Catherine, qu'en fais-tu? Les oiseaux de proie ne s'attaqueraient pas à un bébé labrador, tout de même!

— Une chose à la fois, sœurette. Rien ne te prouve que ces événements sont liés entre eux. Il arrive que des animaux domestiques fassent des fugues. Je propose que nous allions dès ce soir faire un tour du côté du collège et de la forêt. Nous pourrons vérifier s'il y a du neuf. Qu'en pensez-vous?

Catherine et Vincent bondissent sur leurs pieds, déjà prêts à quitter la maison. Twister agite la queue parce qu'Anthony a empoigné sa laisse. Mon chien est toujours partant pour une balade. Quant à moi, je ne sais trop ce que je dois faire. Est-ce que je devrais mettre mes parents au courant de ce que j'ai vu aujourd'hui? Ou encore appeler mon ami Jean-Guy? Il a l'habitude des vraies enquêtes, lui.

— Hé! Ne me dites pas que vous partez tandis qu'on arrive!

Je me retourne, surprise. Quand on parle du loup...

— Jean-Guy!

— Salut, Joséphine! Pourquoi me regardez-vous comme ça, tous les quatre? On dirait que vous venez d'apercevoir un extraterrestre.

Je lève les sourcils. Un extraterrestre? Est-ce que Jean-Guy aurait entendu notre conversation? Non, ce n'est pas son genre d'écouter aux portes, quand même. Mon ami détache Cannelle, sa belle chienne de couleur crème. Celle-ci se dirige à toute allure vers Twister. Nos toutous se tournent autour et se lèchent, heureux de se retrouver, comme s'il y avait plus d'un siècle qu'ils ne s'étaient vus.

— Qu'est-ce que tu fais ici?

Jean-Guy me jette un regard faussement insulté.

— Comme accueil, on a déjà vu mieux, Joséphine, note-t-il, désappointé.

— Désolée, ce n'est pas ce que je voulais dire, tu le sais bien. C'est seulement que je ne m'attendais pas à te voir ce soir.

Jean-Guy éclate de rire.

— Je le sais, Joséphine, ne t'en fais pas. J'avais le goût de passer un peu de temps avec vous. Vos parents vont au cinéma, et...

— ... et ils t'ont appelé pour nous garder? s'exclame Catherine. Ça, alors! Ils nous prennent vraiment pour des bébés!

— Mais non, pas du tout! se défend Jean-Guy. Je comptais venir, de toute façon. Et j'ai dit à vos parents de ne pas changer leurs plans pour moi.

Vincent, Catherine et moi nous regardons, perplexes.

— Tu es sûr que tu n'es pas venu nous garder? demande Vincent, les poings sur les hanches.

— Croix de bois, croix de fer, si je mens, je vais en enfer! répond Jean-Guy, une main sur le cœur, un rictus narquois sur le visage. Quoique... devant vos airs de conspirateurs et votre surprise, je me demande si je ne devrais pas me méfier un peu...

— Conspirateurs? Pas du tout! C'est toujours agréable de te voir, Jean-Guy, le salue Anthony en lui tendant la main. Alors, quoi de neuf?

Jean-Guy lui rend sa poignée de main, puis hésite une fraction de seconde.

— Pas grand-chose, articule-t-il finalement. Et vous? Vous alliez quelque part?

Nous évitons son regard, ne sachant trop quoi dire.

— Ah, ah! s'écrie Jean-Guy, nous faisant sursauter comme des voleurs qui se font surprendre à percer un coffre-fort. Je le savais! Vous complotez quelque chose...

Mes camarades et moi nous regardons toujours en silence. C'est Anthony qui répond.

— Tu as raison, Jean-Guy! Nous avons effectivement prévu d'aller quelque part. Imagine-toi donc que nos détectives en herbe se sont mis en tête qu'une bête cruelle attaque les petits animaux du quartier. Ou encore que des extraterrestres ont atterri dans le coin pour se nourrir de petits rongeurs avant d'envahir la Terre.

Jean-Guy fronce les sourcils, tandis que je rougis davantage devant la tirade moqueuse d'Anthony, qui ne prend toujours pas au sérieux nos appréhensions.

— Qu'est-ce que c'est que ce roman de science-fiction? s'exclame mon ami maître-chien.

Je me décide à mon tour à déballer notre sac. Après tout, s'il y a une autre chose que j'ai apprise, c'est de savoir quand il faut garder un secret et quand il est préférable de demander de l'aide. J'ai beau essayer de me convaincre qu'il y a une explication logique et rationnelle à toute cette histoire, cela ne veut pas dire qu'elle ne comporte aucun danger!

Mon récit terminé, Jean-Guy semble indécis.

— C'est intrigant, je vous l'accorde. J'ai tendance à croire qu'Anthony et Vincent sont sur la bonne voie, mais ça ne coûte rien d'aller faire un tour près de la forêt.

Mes amis acquiescent avec enthousiasme. Pour ma part, je suis sceptique. Je ne veux pas passer pour une peureuse, et je souhaite de tout mon cœur que tout ceci ne soit réellement qu'une banale histoire d'oiseaux de proie ou d'agent de la faune un peu trop zélé. Mais sans vouloir être paranoïaque, j'ai l'impression qu'il y a beaucoup plus derrière ces enlèvements d'animaux que ce que l'on croit. Même si Jean-Guy sera à nos côtés, sans compter Cannelle et Twister, nos deux champions détecteurs, je ne suis pas complètement rassurée. J'entends presque une sirène d'alarme dans ma tête.

Comme si nous nous préparions à découvrir dans les bois quelque chose de plus terrible encore que tout ce que nous aurions pu imaginer.

Comme si nous étions sur le point de pénétrer dans l'antre de la Bête…

5

Hurlements
dans la nuit

Il est déjà près de vingt heures lorsque nous arrivons à la lisière de la forêt. Pour ne pas inquiéter nos parents, nous leur avons laissé une note leur expliquant que nous allions faire un tour avec Jean-Guy. Jusqu'à maintenant, l'expédition se déroule plutôt bien. Pour une fois, je ne me fais pas tirer derrière Twister. C'est

Anthony qui tient sa laisse. Mon chien a beaucoup moins d'emprise sur lui que sur moi. Je ne peux pas en dire autant. Je crois que la présence du frère de ma copine me donne plus de palpitations encore que de courir après Twister. Pendant un moment, j'ai cru que Catherine et Vincent s'apercevraient de mon trouble, mais ils étaient trop occupés à papoter pour le remarquer. Je suis contente de les voir enfin s'entendre comme larrons en foire, tous les deux! Je me demande même, en regardant les yeux brillants de Catherine, si elle n'éprouve pas davantage que de l'amitié pour Vincent. Étrangement, si c'est le cas, je n'en ressens aucune jalousie. Au début, peut-être, mais plus maintenant. Anthony n'est certainement pas étranger à ce changement.

Sa voix grave interrompt justement le cours de mes pensées.

— C'est bien ici que tu as aperçu ton homme en vert, Joséphine?

Je lève les yeux vers les bouleaux croisés et le chêne.

— En effet.

— Les traces de pas sont toujours là, note Catherine.

— Ce sont les mêmes? questionne Jean-Guy.

— Oui, dis-je en allumant mon cellulaire pour vérifier les photos. Mais il y a du nouveau...

Mes copains approchent, suivis de nos chiens.

— Des traces d'animaux. Laissées par des chiens ou... des chats, remarque Vincent.

— Notre suspect serait-il lié aux disparitions du babillard? avance Catherine.

— Pas nécessairement. Il faut ratisser les environs avant de sauter aux conclusions, déclare Jean-Guy d'une voix calme et posée, ses sourcils froncés trahissant pourtant ses doutes. Commençons par retrouver les ossements.

— Nous avons marché dans cette direction, dit Vincent en pointant un doigt vers le sentier qui transperce la forêt.

Nous nous enfonçons dans les bois en scrutant le sol. La pénombre qui tombe rapidement à cette période de l'année ne nous facilite pas la tâche. Catherine, toujours prévoyante, sort une lampe de poche de son sac à dos et l'allume.

— Ici! indique-t-elle en dirigeant le faisceau sur l'amas de petits os. Les voilà!

Anthony et Jean-Guy s'agenouillent pour mieux voir les ossements. Twister les renifle, puis relève la tête pour scruter les alentours. Je suis soudainement très inquiète. D'ordinaire, quand il agit de cette façon, c'est qu'il a repéré quelque chose de louche.

— Je ne suis pas un spécialiste, mais je dirais que c'est le squelette d'une sorte de mulot, déclare Anthony en confiant Twister à Jean-Guy pour mieux examiner les os.

— Ou d'un tamia, ou d'une souris, ou d'un chaton! s'impatiente Catherine. Tu ne peux rien affirmer,

Anthony. Tu l'as dit toi-même, tu n'es pas un spécialiste.

— C'est exact, coupe Jean-Guy. Par contre, moi, j'ai un peu d'expérience dans le domaine. Ces ossements sont bien ceux d'un petit rongeur. Pas d'un chaton ou d'un chiot. Ils sont trop minuscules pour ça. Comme Anthony l'a dit, il doit y avoir un oiseau de proie dans le coin. Il faut chercher un nid, ensuite...

— Chut! Écoutez, souffle Vincent.

Jean-Guy cesse de parler. J'arrête presque de respirer, tellement je suis aux aguets. Même Twister et Cannelle ont dressé leurs oreilles pour mieux discerner les bruits environnants. Nos chiens s'agitent tout à coup, comme s'ils entendaient quelque chose qu'eux seuls peuvent entendre. Anthony récupère Cannelle, laissant Twister aux bons soins de son ancien maître. Enfin, je perçois un son, moi aussi. Ça ressemble à des grognements. Des grognements d'animal sauvage, suivis d'un hurlement. On dirait un...

— Un loup, ou un coyote? interroge Vincent.

— Ou un chien maléfique, comme *Le Chien des Baskerville* dans le roman de Sherlock Holmes? s'inquiète Catherine.

— Pourquoi pas un loup-garou avec toute sa meute, en route pour aller combattre l'armée des vampires? s'exclame Anthony, exaspéré. Nous ne sommes pas dans un roman, ni dans un film.

— Anthony a raison, dis-je. Mais je ne me sens pas rassurée pour autant.

— Moi non plus, avoue finalement Jean-Guy. Écoutez, les jeunes, mieux vaut partir. Je suis chargé de vous surveiller et je ne voudrais pas...

Jean-Guy n'a pas le temps de finir sa phrase. Des voix masculines parviennent jusqu'à nous. Nous avons à peine le temps de nous jeter par terre et de nous dissimuler derrière un bosquet que des silhouettes surgissent à quelques mètres. Catherine a pu éteindre sa lampe de poche avant que ces gens ne nous aperçoivent. Je suis heureuse que la nuit soit tombée pour nous soustraire au regard de ces nouveaux arrivants.

— Où est-il ? demande un homme.

— Je n'en sais rien ! répond un autre. Il s'est sauvé !

— Comment as-tu pu le laisser filer ? S'il continue à hurler et à grogner comme ça, nous serons repérés ! lui signale le premier individu.

Sa voix grinçante me donne des frissons dans le dos. Lorsqu'il se déplace dans un rayon de lune, je le reconnais : c'est l'homme de ce matin ! Pas de doute, c'est bien mon kidnappeur de tamias. De quelle bête hurlante veut-il parler ? A-t-il volé les pauvres petits suisses pour les donner en pâture à je ne sais quelle créature démoniaque ? En l'observant attentivement, je me rends compte que j'avais raison ! Il est très grand. Grand comme un... loup-garou, ou un Sasquatch ? *Du calme, Joséphine, du calme. Ce n'est pas un homme-loup, mais un homme ordinaire,* me dis-je, m'efforçant de ne pas céder à la panique.

Twister s'agite près de moi. J'ignore si ce sont les hurlements qui le rendent nerveux ou la présence des deux hommes. Je flatte sa tête et je mets un doigt devant ma bouche pour lui indiquer de ne pas japper. Je sais qu'il comprend ce geste. Jean-Guy, lui, agrippe sa laisse et l'enroule autour de son poignet pour éviter qu'il ne lui échappe. Mon chien s'agite encore un peu, avant de lever le museau dans les airs et de tenter de s'asseoir. Tout près, Anthony est également aux prises avec Cannelle, qui a le même comportement que Twister. Anthony et Jean-Guy travaillent fort pour obliger les chiens à rester couchés. Je retiens mon souffle, mes amis aussi. Nous savons tous les cinq ce que signifie l'attitude de Twister et de Cannelle : nos chiens détecteurs ont reniflé l'odeur d'un objet illégal.

Je lève les yeux au ciel, priant pour que les inconnus ne nous découvrent pas et que nos labradors ne se mettent pas à hurler à leur tour. Je constate avec effroi que la lune est pleine ! Des gouttes de sueur se forment sur mon front et d'autres tracent une ligne le long de ma colonne vertébrale. Les hurlements se poursuivent dans la nuit, alimentant ma terreur. Les loups-garous existeraient-ils vraiment, en fin de compte ? Anthony et Jean-Guy ont beau affirmer que nous ne sommes pas dans un roman, il semble bien que ce soir, la réalité dépasse la fiction. Si seulement j'avais mis des bijoux en argent...

À peine ai-je eu cette pensée qu'un reflet métallique attire mon regard. Il ne s'agit pas d'argenterie, ni de joyaux. Je comprends instantanément l'excitation de Twister et de Cannelle.

Épouvantée, je distingue le canon d'une arme à feu qui brille à la lueur de la pleine lune...

6

Créatures maléfiques et bandits de grand chemin

On dirait que le temps s'arrête. Pourtant, à peine quelques secondes passent avant que les hommes finissent par s'éloigner, en continuant de s'invectiver quant à la fuite de leur fameuse bête. Ils s'enfoncent dans la forêt, nous laissant pantelants, mes amis et moi. Twister et Cannelle se relèvent, manifestement désireux de suivre la piste qu'ils ont détectée.

— Oh, non! Vous restez avec nous, leur intime Jean-Guy. Partons, ajoute-t-il vivement à notre intention.

— Qu'est-ce que ces hommes cachent? dis-je, encore secouée.

— Une bête... Croyez-vous qu'il s'agit réellement de... de...

Catherine n'arrive pas à articuler ses craintes. Je la comprends: je ne saisis pas ce qui se passe, moi non plus. J'ai l'impression d'être prise au beau milieu d'un film d'horreur ou de vivre en plein cauchemar. Et j'ai beau me pincer, impossible de me réveiller.

— Ce n'est pas le moment de nous lancer dans des conjectures abracadabrantes, coupe Jean-Guy. L'important, c'est de sortir de la forêt.

Tout en marchant, il attrape son téléphone cellulaire. Mais alors qu'il se prépare à appeler des renforts, de nouveaux grognements se font entendre, beaucoup plus rapprochés, ceux-là. Mes amis et moi nous arrêtons, aux aguets. Twister et Cannelle ont retroussé les babines et grognent à leur tour, menaçants. Il me semble apercevoir une paire d'yeux qui nous observe, à travers les fourrés bordant le sentier.

Mes compagnons et moi demeurons interdits, ne sachant trop ce qu'il faut faire. Si nous courons, la créature se lancera-t-elle à nos trousses ? Qu'arrivera-t-il si elle nous attrape ?

— Ne bougez pas, souffle Jean-Guy en se plaçant devant nous pour nous protéger.

J'entends toujours gronder, mais je ne vois plus rien. Les fourrés bougent, augmentant mon sentiment qu'une bête en surgira bientôt pour se ruer sur nous. Catherine hésite à rallumer sa lampe de poche. Et si la lumière rendait la créature encore plus agressive ?

— Pas un geste ! tonne une voix derrière nous.

Nous nous retournons d'un même mouvement pour nous retrouver nez à nez avec le canon d'un pistolet.

L'homme en vert nous tient en joue avec son arme, les yeux exorbités de colère.

— Je vous ai dit de ne pas bouger ! Bon sang, où est-il passé ? siffle-t-il entre ses dents, comme s'il oubliait déjà notre présence. Il peut attaquer à tout moment.

« Il peut attaquer » ? Qui ça, « il » ? Le... le... monstre ? Le loup-garou ? Je tremble de tous mes membres. Entre cette arme et une chimère invisible, je ne sais ce que j'ai envie d'affronter. Je suis de nouveau prise entre Charybde et Scylla ! Je jette un regard épouvanté à mes amis. Ils sont aussi blêmes que moi. Anthony s'agrippe à Cannelle, visiblement secoué. Jean-Guy, lui, réussit à garder son sang-froid.

— Qu'est-ce que vous voulez ? l'interroge-t-il d'une voix étrangement calme. Et que cherchez-vous, comme ça ?

— La ferme !

— Écoutez, mon vieux, poursuit Jean-Guy sans se laisser démonter.

Que faites-vous et que nous voulez-vous ? répète-t-il d'une voix dorénavant doucereuse, plus menaçante encore que s'il criait.

— C'est à moi de poser des questions ! fulmine l'homme, refusant de se laisser amadouer. À qui sont ces chiens ?

J'ouvre la bouche, mais Jean-Guy lève lentement une main pour m'empêcher de parler.

— Quelle importance ? Allez, déposez cette arme, nous pourrons certainement nous expliquer calmement.

— Ce sont des labradors ? demande l'inconnu, comme s'il n'avait absolument rien entendu.

Tout en nous posant ces questions absurdes alors que le moment ne s'y prête guère, l'individu jette des coups d'œil frénétiques aux alentours. Est-ce que lui aussi redouterait que la bête reparaisse subitement ? S'il la tenait en captivité et qu'elle s'est sauvée, il ne sait pas plus que nous où elle se trouve en ce moment.

Depuis l'arrivée de cet homme, je ne l'ai plus entendue grogner. Se serait-elle enfuie à la vue de nos chiens? Car Twister et Cannelle continuent de se montrer menaçants. Leurs muscles sont tendus et Jean-Guy et Anthony doivent user de toute leur force pour les empêcher de sauter sur notre assaillant. Ce serait beaucoup trop dangereux de les laisser foncer sur lui. Il pourrait tirer par réflexe et blesser quelqu'un.

Comme si cette pensée avait le pouvoir de se matérialiser, une détonation assourdissante remplit soudainement l'air. Nous n'avons même pas le temps de bouger qu'une forme brune traverse les fourrés. Une nouvelle détonation retentit, déchirant la nuit. Au même instant, Cannelle s'élance à la poursuite de la créature disparue dans les bois. Jean-Guy s'effondre par terre, le visage grimaçant. Sans réfléchir, je me jette à ses côtés pour l'aider à se relever, persuadée que Twister l'a fait tomber sans le vouloir. Seulement, je constate

avec effroi que mon ami porte une main à son épaule droite. Du sang s'écoule entre ses doigts !

— Jean-Guy ! Non ! Tu es blessé ! Jean-Guy ! Tu m'entends ?

— Toi, la frisée, écarte-toi !

Terrorisée, je lève la tête. L'homme pointe son arme directement sur moi. Vincent et Catherine m'aident à me remettre debout. Anthony peine à tenir Twister, qu'il a rattrapé de justesse avant qu'il ne suive Cannelle.

— Retiens ce cabot, ou je te jure que c'est sur ta copine à lunettes que je tire ! menace le fou furieux.

Anthony hoche la tête et resserre sa prise sur la laisse de mon chien. Oh, non ! Jean-Guy a été atteint par une balle et je ne peux rien faire pour l'aider. Le pauvre est toujours par terre. Un silence tendu s'est installé, qui dure une éternité. Malgré ses menaces, l'homme en vert ne semble pas disposé à tirer à son tour. Il paraît toutefois hors de lui.

— Qu'est-ce que c'était que ces coups de feu ? hurle-t-il en faisant les cent pas. Cet idiot n'aurait quand même pas osé...

— Merde! Il m'a échappé! vocifère l'autre inconnu qui, un pistolet à la main, vient de traverser les fourrés d'où la bête s'est enfuie quelques instants auparavant.

— C'est toi qui as tiré?

— Je n'ai pas eu le choix. Il voulait me sauter dessus!

— Tu l'as eu?

— Je ne sais pas si je l'ai touché. Il a filé avant que je puisse m'en assurer. Une balle de plus et je l'avais, j'en suis sûr!

— Abruti! Tu as quand même touché quelque chose.

Le bandit aperçoit Jean-Guy gisant par terre.

— Et puis? crache l'ignoble individu. Ce crétin s'est placé dans la trajectoire de la balle, c'est sa faute.

— Mais tu es cinglé, ma parole! Tu as atteint quelqu'un! Des gens ont sûrement entendu les coups de feu et appelé les flics!

Mes amis et moi nous jetons un regard rempli d'espoir. Si des voisins appellent la police, nous sommes sauvés! Et Jean-Guy aussi! Notre espoir s'estompe en entendant la suite.

— Pas de danger, les gens sont devenus insensibles. Tant que ça ne les concerne pas directement, ils ne lèveront pas le petit doigt. Je vous le demande, les enfants, où va la société d'aujourd'hui? ironise-t-il en s'esclaffant comme un dément. Allez, il n'y a qu'à laisser cet imbécile là où il est. D'ici quelques minutes, il mourra au bout de son sang.

— Arrête tes bêtises. Va plutôt chercher deux ou trois gars pour t'aider à ramener ce type là où tu sais, en attendant de décider ce que nous en ferons.

— Et ces morveux?

— Il faut aussi les emmener avec nous.

— Je ne suis pas une gardienne d'enfants. Nous devrions nous en occuper tout de suite!

— Ça suffit ! On ne va pas s'attirer plus d'ennuis. De toute façon, tout le monde doit être arrivé à l'heure qu'il est. Les invités seront déçus s'ils ne voient pas le spectacle. Ils ont payé une jolie somme. Ça pourrait mal tourner...

L'homme en vert esquisse alors un mouvement vers mon Twister, qui émet un bref jappement, suffisant pour le faire reculer.

— Tout n'est pas perdu, mon vieux. Ce cabot fera l'affaire pour remplacer notre fuyard ! annonce-t-il, un sourire malfaisant étirant son visage. Il est un peu âgé, mais encore vigoureux. Les jeunes, en route pour une balade en forêt. Nous ne pouvons pas vous laisser ici. Vous en avez trop vu !

Catherine agrippe Vincent de toutes ses forces, tandis qu'Anthony attrape ma main droite et la serre dans une vaine tentative pour me rassurer. Puis, il essaie de raisonner les malfaiteurs :

— Écoutez, laissez-nous partir. Nous ne savons absolument pas ce qui se passe ici et nous ne voulons pas le savoir. Nous ne dirons rien à personne. Nous nous occuperons seulement de notre ami blessé et...

— La ferme! lui intime l'homme en vert. Nous allons nous acheter un ticket vers la fortune grâce à votre chien. Allez, marchez devant, tous les quatre. Quant à toi, l'ado, je te le répète : ne laisse surtout pas ce chien t'échapper. Si tu le libères pour qu'il nous attaque, je n'hésiterai pas! menace-t-il en pointant son arme vers Anthony.

N'ayant d'autre choix, nous commençons à avancer, chacun de nos pas nous enfonçant davantage dans les bois et nous éloignant de notre cher Jean-Guy, et possiblement de sa seule chance de survie. Si seulement je savais où ces bandits nous conduisent et, surtout, ce qu'ils comptent faire de nous et de Twister. Je me sens complètement perdue.

En réalité, je suis transie d'effroi à l'idée que nous sommes tous perdus...

7

Prisonniers au milieu
des cages

Nous nous écartons du sentier et nous marchons durant une trentaine de minutes qui paraissent interminables avant de déboucher dans une espèce de clairière au beau milieu de nulle part. Mon estomac est tellement noué quand je songe à Jean-Guy que j'ai peine à respirer. A-t-il été emmené par les bandits ? Si oui, à quel endroit ?

Comment va-t-il? Je n'ai pas revu l'épouvantable type depuis tout à l'heure. Et ici, rien qui puisse m'apporter des réponses. Quoique... Au loin se dessine un chapiteau blanc cassé semblable à ceux utilisés pour des mariages ou des réceptions chics. Drôle d'emplacement pour un chapiteau... Et celui-ci a certainement connu des jours meilleurs. Les reflets de la lune permettent de distinguer des taches rouge foncé et des trous, rendant cette tente digne d'un décor de film d'horreur plutôt que d'un banquet luxueux. De l'intérieur nous proviennent des murmures, ainsi que des mots que mes parents ne voudraient jamais me voir répéter.

Anthony, Catherine et Vincent sont aussi désemparés que moi devant la tournure des événements. Catherine tient toujours Vincent comme si sa vie en dépendait – ce qui est probablement le cas – et Anthony n'a pas lâché ma main, ni Twister, malgré le fait que mon toutou ait recommencé à s'agiter et à grogner férocement.

— Nous avons vraiment trouvé la perle rare, lance l'homme en vert en observant le manège de Twister. Une vraie belle bête!

Une belle bête? Je fronce les sourcils, mes camarades aussi. Est-ce que la bête de tout à l'heure était également un chien? Je me souviens du commentaire de Catherine à propos du *Chien des Baskerville*. Est-ce qu'il s'agissait d'un chien ensorcelé ou maléfique?

En approchant du chapiteau, je songe aux anciennes foires ambulantes, où des animaux et des êtres humains différents des autres – une femme à barbe, un homme-singe, une personne de petite taille, une autre géante, et que sais-je encore? – étaient présentés comme des attractions. Est-ce que nos lascars seraient tombés sur un chien particulier, à six pattes, ou à quatre oreilles? Ou bien auraient-ils mis la main sur le Sasquatch, ou sur un loup-garou, pour ensuite le montrer à des gens prêts à payer pour assister à ce spectacle morbide? Ces sombres pensées m'obsèdent et je recommence à trembler. Anthony presse doucement ma main dans l'espoir de me calmer. Peine perdue! Je suis bien trop apeurée!

— Qu'allez-vous faire de nous? demande Catherine d'une toute petite voix que je ne lui connais pas.

Le géant vert sans scrupules jette un regard circulaire aux environs.

— Entrez ici, dans la cabane! dit-il avec dédain en nous bousculant vers une bâtisse délabrée qui ressemble à un chalet abandonné.

Devant la menace de l'arme pointée sur nous, nous n'avons d'autre choix que de pénétrer dans la cabane. À peine la porte est-elle ouverte que nous sommes assaillis par une puanteur épouvantable. La porte se ferme derrière nous. On jurerait que toute la pourriture du monde se trouve en cet endroit précis! J'en hoquette de dégoût. J'entends Catherine et Vincent suffoquer à leur tour, mais je n'arrive pas à les voir. Il fait noir comme dans

un four. J'essaie de flatter Twister pour me rassurer, mais je ne le trouve pas, lui non plus. Soudain, la porte s'ouvre de nouveau et Anthony pousse un cri.

— Non! Laissez-le!

Mon chien se met à japper et à grogner comme un forcené. Lorsque la porte de la cabane se referme, j'ai le temps de voir qu'il est entraîné de force à l'extérieur par le bandit, qui tire sur sa laisse sans ménagement.

— Twister! Oh, non, qu'est-ce qui se passe? Pourquoi l'a-t-il emmené?

— Chut, Joséphine! Calme-toi, me conseille Anthony. Il ne faut pas qu'il revienne...

— Et Twister? Et Jean-Guy? Il est peut-être déjà mort, dis-je, des sanglots me montant à la gorge.

— Non! Ne crois pas ça. N'y pense même pas! Nous allons trouver le moyen de sortir d'ici. Ensuite, nous pourrons venir en aide à Jean-Guy et à Twister, d'accord? Tu as toujours ton téléphone, Joséphine?

Bien sûr ! Mon cellulaire ! Pourquoi n'y ai-je pas songé plus tôt ? Je fouille dans mes poches et j'en sors l'appareil. Même si je n'y vois rien, je sais où sont les boutons pour téléphoner. J'appuie dessus et un message lumineux s'affiche : « Pas de service ».

— Ça ne fonctionne pas !

— Nous sommes probablement trop loin pour obtenir un signal, avance Vincent.

— Il faut trouver autre chose. Catherine, où est ta lampe de poche ? lui rappelle Anthony.

J'entends ma copine qui farfouille dans ses affaires. Enfin, un faisceau de lumière nous éclaire. Nous retenons une exclamation d'écœurement devant le spectacle qui s'offre à nous.

La pièce est remplie de cages, disposées pêle-mêle sur le plancher de bois pourri de la cabane, ou empilées le long des murs. À l'intérieur, des animaux sont piégés, certains encore plein de vigueur, d'autres si mal en point qu'il est pénible de les regarder. Catherine promène le faisceau de la lampe partout dans la pièce nauséabonde : des chatons, des chiots, des chiens adultes également, qui montrent des signes d'agressivité aussitôt que la lumière les vise. Même nos deux tamias sont présents. Un labrador blond lèche une plaie suintante de la taille d'une balle de baseball sur sa patte arrière droite, tandis qu'un jeune dalmatien gémit, couché en boule, son museau ensanglanté enfoui sous ses pattes de devant. Je dois détourner le regard plus d'une fois pour ne pas vomir. De nouvelles larmes emplissent mes yeux, sans que je puisse les retenir. Je remarque que Catherine, Vincent et Anthony pleurent aussi devant ce triste tableau.

— Où sommes-nous ? finit par articuler Vincent. Et qui sont les deux hommes ? Pourquoi ces animaux sont-ils... sont-ils... Est-ce qu'une bête les aurait...

— Arrête, Vincent, je t'en prie, murmure Catherine, les mains sur le nez et la bouche, cherchant à contrôler ses haut-le-cœur. C'est trop répugnant. J'ai peur !

— N'aie crainte, sœurette, nous allons sortir d'ici, je te le promets, affirme Anthony en reniflant bruyamment pour se ressaisir. Regardez làbas ! nous indique-t-il en pointant l'index vers un coin du mur du fond de la cabane. Le bois semble pourri.

— Tu as raison ! approuve Vincent en s'y dirigeant. Peut-être qu'en nous y mettant, toi et moi, nous pourrons défoncer le mur...

Anthony hoche la tête, avant d'attraper la lampe pour me la tendre. Ma pauvre Catherine tremble tellement qu'elle n'est plus en mesure de la tenir. Elle a beau vouloir devenir détective plus tard, rien ne peut nous préparer à une telle situation.

— Éclaire-nous, Joséphine ! demande Anthony en prenant un premier élan.

Son pied va s'écraser contre le mur. Un craquement se fait entendre, mais ce n'est pas suffisant pour qu'il cède.

— À trois, indique Vincent. Un, deux...

— Attendez! dis-je. Ne risquons-nous pas d'alerter les bandits?

À ce moment, des clameurs retentissent à l'extérieur, provenant sans doute du chapiteau.

— Avec tout ce vacarme, aucun danger, me rassure Anthony.

Je réprime un frisson. Le «spectacle» doit débuter. Je suis vraiment inquiète au sujet de Jean-Guy et de Twister, mais pour l'instant, je dois me concentrer sur notre évasion.

— Un, deux, trois..., recommence Vincent.

Mes copains se lancent à l'assaut du mur, donnant chacun un formidable coup de pied. Nouveau craquement, plus fort celui-là, mais le bois tient toujours bon. Les animaux dans les cages près de nous s'énervent; certains chiens jappent, d'autres hurlent. Heureusement que, dehors, les clameurs ont redoublé.

— Allez, une dernière fois, Vincent, l'encourage Anthony.

— Je vais vous aider, dis-je en déposant la lampe par terre.

— Moi aussi! déclare Catherine, qui semble enfin sortir de sa torpeur.

Ouf! Je reconnais là le cran de ma meilleure amie.

— Allez, tous ensemble! Un, deux, trois...

Nous nous élançons pour frapper le mur de nos pieds. Anthony fait une grimace et pousse un cri de douleur lorsque son pied droit passe à travers les planches pourries.

— Ça va? s'inquiète Catherine.

Le jeans d'Anthony est déchiré et sa jambe saigne, sans doute à cause d'un éclat de bois ou d'un clou rouillé, mais il hoche bravement la tête.

— Ne vous en faites pas pour moi. Est-ce que nous pouvons nous faufiler par le trou?

— Attendez, pas encore, indique Vincent avant de s'agenouiller pour arracher une planche à moitié cassée. Là, ça devrait être suffisant...

Je reprends la lampe de poche et je m'agenouille à mon tour. J'éclaire brièvement l'extérieur pour m'assurer que personne ne s'y trouve. Par bonheur, nous aboutirons derrière la cabane, où nous serons à l'abri des regards.

— Vas-y, Joséphine! me presse Vincent. Et fais attention!

Je me glisse dans l'ouverture. Je réussis à m'extirper de cette prison. Mes amis me suivent, Anthony y allant de quelques contorsions, car il est beaucoup plus costaud que nous. Peu après, nous sommes dehors.

— Nous devons partir tout de suite pour trouver de l'aide, lance Catherine.

— Essayons de regagner le sentier, suggère Anthony.

Je secoue la tête.

— Pas question d'abandonner Jean-Guy et Twister! Sans parler de Cannelle, qui a peut-être été capturée à son tour. Nous pouvons...

— Que veux-tu faire? Affronter les bandits, et possiblement toute une bande de malfaiteurs armés? me coupe Anthony. Non, Joséphine, c'est beaucoup trop dangereux. Nous devons chercher du secours ! Ni Jean-Guy ni Twister ne voudraient que tu risques ta vie pour eux.

— Mais...

Un grognement retentit près de nous, m'empêchant de continuer. Catherine, Vincent, Anthony et moi nous retournons d'un même mouvement. Je dirige la lumière de la lampe de poche droit devant nous, mais je ne vois rien. Mes copains et moi sommes cependant parfaitement conscients que la chose, peu importe ce que c'est, n'est pas loin.

— Il vaut mieux filer, murmure Anthony.

— Une minute ! l'arrête Vincent. Là-bas, tout près de la tente. Vous voyez ?

— Une autre cabane, souffle Catherine. Vous pensez que Jean-Guy...

— C'est possible, dis-je. Il faut y aller pour en avoir le cœur net. Si vous ne voulez pas, je comprends, mais pour ma part, je n'abandonnerai ni Jean-Guy, ni Twister, ni Cannelle !

Devant mon insistance, Anthony finit par acquiescer.

— D'accord, mais prudence... Il ne faut pas retomber entre les mains de ces brutes.

— Ou entre les griffes d'une quelconque bête, ajoute Catherine.

En silence, nous nous dirigeons vers la minuscule cabane, qui est encore plus délabrée que la première. Nous marchons penchés, presque à quatre pattes. Aucun mouvement à part le nôtre. Nous arrivons enfin près de cet abri de fortune, ou plutôt... d'infortune. Toujours rien qui bouge. Même les criquets se sont tus, à croire qu'ils ont disparu des environs. Seules les clameurs provenant de la tente nous parviennent.

Anthony nous fait signe de rester un peu à l'écart tandis qu'il approche d'un des murs de la cabane. Comme elle est en partie démolie, il lui est facile de regarder à l'intérieur.

— Rien, fait-il, dépité. Des cages vides, des pelles, des pioches, des cordes. Aucune trace de Jean-Guy ou de Twister.

Je pince les lèvres. Mais où sont-ils donc ?

— Nous n'avons plus le choix, Joséphine. Il faut partir pour trouver de l'aide !

Je hoche la tête à regret, avant de tourner les talons. Nous commençons à nous faufiler entre les arbres quand des clameurs plus fortes que toutes les autres nous surprennent.

— Allez ! Saute-lui dessus ! Tue-le !

Anthony, Catherine, Vincent et moi ouvrons la bouche, incrédules. « Tue-le » ? Avons-nous bien entendu ? Dans l'immense tente, les cris redoublent d'intensité.

— Tue-le ! Tue-le !

Ces encouragements horribles me donnent la chair de poule. Catherine et Vincent se bouchent les oreilles. Anthony, lui, me tire doucement par le bras pour que je le suive. Mais je suis incapable de résister. Je dois absolument me rapprocher de la tente. J'ai un mauvais pressentiment.

En cinq ou six pas, j'arrive au chapiteau. Des trous dans la toile sont suffisamment grands pour que je puisse jeter un coup d'œil, mais pas assez pour que les personnes à l'intérieur s'aperçoivent de ma présence. Au début, je ne distingue strictement rien, car des gens assis dans des estrades de bois me bloquent la vue. Puis soudain, deux spectateurs se penchent, me laissant découvrir une arène, comme celles des boxeurs.

— Ces individus doivent faire des paris sur des combats de rue, avance Anthony, qui s'est approché à son tour.

— Des combats de rue? questionne Catherine.

— Des combats sans pitié, où le vainqueur...

— ... est celui qui réussit à rester en vie, termine Vincent, horrifié.

Des jappements furieux se font entendre. J'ai peine à retenir un hurlement de terreur. Ce ne sont pas des hommes qui sont en train de se battre. Ce sont des chiens! L'un d'eux est sérieusement amoché. Une plaie saigne abondamment sur son flanc droit. C'est un berger allemand, si je ne me trompe pas. L'autre combattant est noir. Un superbe labrador qui ressemble en tous points à...

— Oh, non! C'est Twister! dis-je, les jambes tremblantes et le souffle court.

Mon chien montre des crocs qui m'apparaissent plus aiguisés que d'habitude à la lumière de cette sinistre arène. On dirait qu'il avertit son adversaire qu'il est prêt à se défendre jusqu'au bout. Jusqu'à la mort... Je me secoue vivement. Non, je ne dois pas penser à ça. J'ai pourtant l'impression d'assister à un de ces terribles affrontements entre des animaux de la savane, où le plus fort est celui qui dominera ses semblables. Ou à un combat de gladiateurs, où le perdant n'a pas de seconde chance.

Twister aboie furieusement. Il a désormais tout d'une bête féroce, lui aussi. J'aimerais tellement qu'il se sauve au lieu d'affronter le berger allemand, mais son instinct a pris le dessus. Malgré sa blessure, le berger allemand fonce à toute allure vers Twister, faisant lever la poussière. Avec ses babines retroussées et des filets de salive qui dégoulinent sur son cou, il semble fou furieux. Les muscles de Twister sont aux aguets. Il fait face à l'assaut. Impuissante, je vois le berger sauter sur mon chien.

— Oui, oui! Il va l'avoir! Tue-le! scande la foule.

Les deux bêtes roulent par terre en essayant de se blesser mutuellement. Les combattants se mordent et se donnent des coups de griffes. Je n'arrive plus à distinguer lequel est Twister et lequel est le berger allemand, tellement leur corps à corps est féroce. Je voudrais détourner les yeux, me pincer pour me réveiller de cet affreux cauchemar, mais c'est impossible. Pour la première fois, j'ai autant peur pour Twister que j'ai peur de lui. Je ne reconnais plus mon toutou adoré.

Soudain, un hurlement de douleur fend l'air. Il n'y a plus de combat. Plus rien ne bouge. Le temps semble suspendu. Puis, la poussière retombe enfin. À cet instant, je vois les mâchoires de Twister refermées sur la gorge de son assaillant, dont le corps est traversé de spasmes.

— Relève-toi ! Relève-toi !

Des larmes brûlent mes paupières devant cet effroyable tableau. Les spectateurs veulent que le combat reprenne. *Non, je vous en prie, faites que ce soit terminé...* Le berger sursaute brusquement. Des grognements rapprochés m'obligent alors à détourner les yeux...

8

La bête

Mes amis et moi demeurons figés, autant de stupéfaction que de crainte. Car un animal continue de grogner après nous et se montre très menaçant.

— C'est incroyable! murmure Vincent.

— Je comprends tout, maintenant! ajoute Catherine.

— Ne bougez pas! nous ordonne Anthony.

Son avertissement est bien inutile, car j'en serais incapable même si je le voulais. J'ai les pieds cloués au sol. Non seulement je suis folle d'inquiétude pour Twister, mais devant nous se tient un autre labrador. Un magnifique chien aux poils d'un noir ébène qui brille sous les reflets de la lune. Il pourrait être le jumeau de mon propre chien, si ce n'est que ce labrador semble réellement méchant. Nous ne faisons aucun geste pour le rendre agressif, et pourtant, il ne cesse de relever les babines et de dévoiler ses crocs, à l'image de Twister et du berger allemand dans l'arène. L'animal se met à marcher de long en large devant nous, tel un lion prêt à attaquer. J'ai beau adorer les chiens, celui-ci me glace le sang.

— Joséphine, tu n'as pas des gâteries en forme de steak dans tes poches, comme d'habitude ? me souffle Anthony.

— Tu... tu crois que ça pourrait marcher ?

— On ne perd rien à essayer. Mais ne fais aucun geste brusque, surtout.

Très lentement, je mets une main dans ma poche droite. Il me reste deux friandises pour chiens. Je les retire prudemment. J'hésite un peu. De quelle façon dois-je lui offrir les gâteries ? Est-ce que je les lui tends ? J'ai bien trop peur de me faire mordre la main, ou de me faire carrément arracher un bras par ce chien. Et s'il était enragé ? Les paroles de mon père me reviennent en mémoire : « Sois toujours prudente, Joséphine. Un animal, ça demeure un animal. » Je crois que je n'avais jamais vraiment compris avant aujourd'hui.

— Lance-les près de lui. Quand il se jettera dessus, nous en profiterons pour nous sauver, m'indique Anthony.

J'obéis, même si l'idée de quitter Twister des yeux me répugne. Je lance doucement les friandises, qui atterrissent à quelques centimètres du chien. Il se baisse et les renifle avec méfiance. Tout d'un coup, il redresse la tête sans y toucher et se met à grogner davantage. Il se raidit et s'appuie sur ses pattes arrière, prêt à bondir.

— Joséphine, ne reste pas là! me crie Anthony en me poussant brutalement.

Je tombe lourdement sur le côté. Une vive douleur envahit mon épaule droite. Mais je n'y prête aucunement attention. Avec horreur, je vois le labrador sauter sur Anthony et le jeter par terre, ses mâchoires refermées sur son avant-bras droit. Tous deux roulent sur le sol dans un violent corps à corps.

— Anthony! hurlent en chœur Catherine et Vincent.

Soudain, un autre chien surgit et se met à japper. Le labrador noir lâche prise et se prépare à foncer sur ce nouvel arrivant. Mais au lieu de ça, une détonation emplit l'air et le chien fou tombe sur ses flancs, inconscient.

— Les jeunes! crie alors une voix que je reconnaîtrais entre mille.

— Jean-Guy!

Incrédule, je me redresse, malgré la douleur lancinante qui me parcourt l'épaule. J'aperçois mon ami maître-chien, le bras en écharpe, qui pose sa

main valide sur le front d'Anthony. Notre sauveuse n'était nulle autre que sa chienne Cannelle! Jean-Guy est accompagné d'un homme que je ne connais pas et qui est armé d'une espèce de fusil. Est-ce lui qui vient de tirer? Plus loin, je distingue... mes parents! Je n'y comprends rien! Mais ce n'est pas le moment de poser des questions. Anthony gît par terre, geignant de douleur, sa main gauche appuyée sur la plaie de son bras. Du sang s'en écoule.

— J'ai mal... j'ai... si mal, se plaint-il, tandis que Catherine et Vincent s'approchent pour le réconforter.

— Tiens bon, mon gars, les secouristes sont en chemin, le rassure Jean-Guy. Ils te ramèneront sur un brancard jusqu'à l'ambulance qui nous attend à la sortie de la forêt. Toi et moi devrons nous faire soigner, mon bonhomme. Et Joséphine aussi.

— Jo... Joséphine... Où est-elle? Je dois la voir... Je veux...

Mon cœur bondit dans ma poitrine. Anthony m'appelle! Il a besoin de moi.

— Je suis là, Anthony! dis-je en tentant de m'asseoir.

— Il ne t'entend pas, il a perdu connaissance, m'avise Jean-Guy. Allez, Anthony, reviens à toi! lance-t-il pour le faire réagir.

Catherine et Vincent lui parlent à leur tour. En guise de réponse, Anthony gémit. Je respire. Au moins, il est vivant. Mes parents, qui sont parvenus jusqu'à nous, se penchent sur moi.

— Joséphine, oh, ma Joséphine! Nous étions si inquiets! s'exclame maman. Tu es blessée?

J'essaie de me lever complètement, mais des élancements dans mon épaule m'en empêchent. Je me recouche, aux prises avec de terribles nausées.

— Mon épaule, dis-je. Je crois que...

— Elle est sans doute disloquée, constate papa en la massant doucement.

— Anthony... Il m'a sauvée... Et maintenant, il est...

— Je sais, souffle maman. Nous l'avons vu. Oh, si tu savais comme nous avons eu peur! Nous...

Je ne laisse pas ma mère continuer. Il y a plus urgent.

— Maman, papa! Twister est dans la tente! Il l'a emmené de force là-bas.

J'essaie encore de me redresser, mais la douleur me cloue au sol.

— Qui ça, «il»? veut savoir Jean-Guy.

— L'homme qui nous a entraînés ici. Twister est dans l'arène! Et le berger allemand va peut-être...

Jean-Guy fait un signe de tête à l'homme armé, qui se lance au pas de course vers le chapiteau.

— Rassure-toi, Joséphine. C'est un agent de la faune. Il va sortir Twister de là.

Les secouristes arrivent à ce moment et commencent à s'occuper d'Anthony, sous le regard anxieux de Catherine et de Vincent.

— Quant à moi, j'ai eu de la chance, poursuit Jean-Guy. La balle n'a pas fait trop de dégâts, semble-t-il. J'ai pu partir avant que les bandits me retrouvent.

— Je suis tellement contente que tu sois sain et sauf, Jean-Guy. J'avais si peur que tu sois… J'étais terrorisée à l'idée que tu…

Mon ami me donne un baiser sur le front, avant de passer sa main dans mes cheveux.

— Je sais, ma belle. Mais je vais bien. C'est fini, maintenant.

Soulagée, j'informe Jean-Guy de ce que nous avons découvert :

— C'est horrible, cette tente sert d'arène pour des combats de chiens, dis-je.

— Oui. Les policiers me l'ont confirmé, m'apprend Jean-Guy. Des dizaines d'entre eux sont déjà sur place. Vous ne pouviez pas les voir arriver, ils sont passés devant la tente. Ils enquêtaient sur ces hommes et leurs activités depuis un bout de temps, mais ils n'avaient encore jamais réussi à leur mettre le grappin dessus.

Ça alors ! Je n'avais effectivement pas remarqué la présence rassurante des policiers. Et l'ombre de la forêt nous procurera une forme d'abri si les choses tournent mal. Car bien que des agents soient arrivés, les clameurs se poursuivent de plus belle. À moins que ce ne soient des protestations ou de la bagarre entre eux et les spectateurs...

— Qu'est-ce que c'est que cette histoire de combats de chiens ? questionne mon père, tandis qu'Anthony est hissé sur le brancard.

— Ces bandits organisent des combats illégaux.

— Je croyais que nous avions affaire à un loup-garou ou à un Sasquatch, l'interrompt Catherine. Mais...

Jean-Guy pince les lèvres et jette un œil au labrador, toujours inconscient.

— Je sais, ma grande. Mais la créature n'est ni un loup-garou ni un Sasquatch. Elle est juste là. Un superbe labrador noir.

— Et... il est mort ? s'inquiète Vincent.

— Non, il vit. Il est seulement endormi, grâce à un puissant somnifère injecté par le fusil hypodermique de l'agent de la faune. Mais ce chien n'est que l'un des combattants. Il y en a plusieurs autres.

— Plusieurs autres? répète mon père, incrédule.

— Les bandits affamaient les chiens, et leur donnaient ensuite des tamias, et même des chatons en pâture pour les rendre agressifs. Ils kidnappaient aussi des chiots pour les entraîner à devenir des chiens de combat.

— C'est épouvantable! souffle maman.

Je comprends pourquoi le chien a voulu sauter sur moi en voyant les gâteries que je lui offrais. C'était pour lui un signal d'affrontement.

— Ces batailles, commence papa, avant de s'arrêter pour chercher ses mots. Euh... Leur issue est souvent... euh...

Mon père m'observe à la dérobée, comme s'il ne voulait pas terminer sa phrase devant moi.

— Leur issue est souvent fatale, oui, conclut Jean-Guy.

Je ferme les yeux. J'essaie vainement de chasser des images de mon Twister, gisant sans vie dans une mare de sang. Toutes les pièces de ce sombre casse-tête se mettent en place. Les combats de chiens, l'enlèvement de Twister, ce labrador noir inconscient qui a échappé aux malfaiteurs, le type en vert qui affirmait que mon chien ferait un remplaçant idéal...

— Il n'est pas trop tard, n'est-ce pas, Jean-Guy?

— Nous allons être fixés bientôt, m'assure mon ami en regardant le chapiteau.

Soudain, un hurlement de chien se fait entendre, suivi de nouvelles détonations. Je pousse un cri de terreur.

— Twister!

Épilogue

Assise à mon pupitre, les yeux fixés sur la forêt qui borde le collège, je repense aux événements récents. Voilà déjà deux semaines que nous avons été pris dans les bois, mes amis et moi. J'ai parfois l'impression que tout cela n'était qu'un horrible cauchemar. Un terrible rêve que j'aurais fait hier seulement ! L'attelle que je porte à l'épaule droite, et que je dois garder pour encore quelques semaines, me rappelle pourtant que ces incidents sont vraiment survenus et qu'ils n'ont pas été sans conséquences. Je ne me suis pas disloqué l'épaule, en fin de compte. J'ai plutôt fracturé ma clavicule, ce qui n'est pas vraiment mieux. Enfin, c'est mieux que d'être attaquée par un chien fou. Si Anthony n'avait pas été là pour me pousser, je n'ose imaginer ce qui se serait produit.

Pauvre Anthony... Il a agi en véritable héros... Mon héros ! Mais les héros ne sont pas invincibles. Il a donc dû recevoir une piqûre contre le tétanos, un traitement préventif contre la rage, ainsi qu'une ordonnance d'antibiotiques. Et surtout, il a subi une opération pour réparer les dégâts causés à son bras par le labrador noir. En tout, vingt points de suture ont été nécessaires. À présent, il reprend progressivement ses activités normales, malgré les bandages qui limitent ses mouvements. C'est pareil pour Jean-Guy. En fait, la balle a seulement glissé sur son épaule ; cela aurait pu être beaucoup plus grave.

Enfin, comme il l'a dit, c'est terminé maintenant. D'une certaine façon, puisque Catherine, Vincent, Anthony et moi rencontrons un psychologue pour parler de ce que nous avons traversé. J'ai l'impression d'avoir vécu en plein cauchemar, et j'en fais de vrais une fois la nuit venue. Je sais que c'est la même chose pour mes amis.

Durant ces rêves abominables, je vois le chapiteau, les spectateurs, l'arène, de mignons petits chatons et d'adorables tamias qui essaient d'échapper aux crocs acérés d'énormes chiens enragés. Puis, j'aperçois Twister, qui se fait pousser dans l'arène pour affronter ces monstres. Et devant leur attaque, il se transforme à son tour en horrible bête. Je me réveille alors en sursaut, le front trempé de sueur et le souffle court.

Heureusement que dans ces moments-là mon Twister, qui est revenu à la maison depuis quelques jours, saute sur mon lit et vient se coller sur moi pour me réconforter. Il est aussi doux et affectueux qu'avant cette mésaventure. Eh oui, mon beau toutou m'a fait une peur bleue, mais il s'en est sorti sain et sauf, mis à part quelques égratignures sur le museau, résultat des coups de patte qu'il a reçus de son adversaire. Twister a aussi été placé en observation pour s'assurer qu'il n'avait pas été exposé à la rage, le temps que des tests soient effectués sur son combattant. Bien que cette maladie ait pratiquement été éradiquée au Québec, sauf pour quelques exceptions, par exemple chez des chauves-souris, il valait mieux prendre des précautions. À mon grand soulagement, les résultats étaient bel et bien négatifs.

Pour sa part, le pauvre berger allemand âgé d'à peine deux ans contre qui mon chien s'est battu a été sérieusement amoché. Quand Twister l'a mordu à la gorge, il n'a pas réussi à se relever, finalement. Le plus étrange, c'est que mon toutou a attendu juste assez longtemps pour que son adversaire soit inconscient avant de relâcher son étreinte, sans aller jusqu'à l'achever. Comme si Twister avait compris que le berger allemand n'était pas celui qu'il fallait punir. Celui-ci a donc été pris en charge par la SPCA[3]. J'ai bon espoir qu'il n'est pas trop tard pour lui et que des gens bienveillants voudront l'adopter.

Les autres bêtes prisonnières ont également été transportées dans des refuges. Elles y ont été soignées, et plusieurs d'entre elles ont été rendues à leurs propriétaires ou remises en liberté dans la forêt, comme le joli couple de tamias. Certains animaux, moins chanceux, n'ont pas survécu ou ne sont plus adoptables, car ils sont devenus trop agressifs. Quand j'y songe, j'ai le cœur gros. Ils n'ont pas mérité d'être martyrisés par des êtres humains, qui sont pires encore que des bêtes sauvages.

Nos deux malfaiteurs ont d'ailleurs été arrêtés, de même que la trentaine de spectateurs présents le soir du

---

3. Société pour la prévention de la cruauté envers les animaux.

combat. Ces bandits avaient commis deux erreurs. La première, c'est d'avoir tiré des coups de feu. Les ayant entendus, les gens du voisinage se sont empressés d'appeler la police. Comme quoi les citoyens ne sont pas aussi insensibles que le prétendait l'autre. La deuxième, c'est de m'avoir laissé mon cellulaire, qui contient un GPS grâce auquel mes parents et la police ont pu retrouver ma trace. Enfin, ils ont pu se rendre au dernier endroit où nous étions à portée de signal, et le chien pisteur de notre service de police a fait le reste, aidé par Jean-Guy et Cannelle, bien entendu. C'est particulier de penser qu'au moment même où nous combattions un chien, c'est un autre qui nous recherchait pour nous sauver !

Enfin, le plus malheureux dans toute cette histoire, c'est qu'ici, comme nous l'a expliqué Jean-Guy, il n'existe aucune loi précise quant à la maltraitance des animaux sauvages, ou à l'entraînement des animaux aux fins de combat. Les sentences pour de tels délits ne sont donc pas très sévères. Toutefois, la justice pourra emprisonner les deux malfrats car des accusations de kidnapping, de séquestration, de menaces de mort, de possession d'armes et de tentative de meurtre envers Jean-Guy et envers nous pèsent sur eux. Je ne suis pas certaine de comprendre tous les aspects légaux de la question, mais j'espère que de telles horreurs ne se reproduiront plus jamais, ça c'est certain.

Pour tenter d'oublier ces moments pénibles, justement, mes parents, ceux de Catherine et ceux de Vincent ont décidé d'organiser une petite fête, ce soir. J'ai hâte d'y aller pour me changer les idées. Et surtout… pour revoir mon cher Anthony. C'est lui qui a offert de venir me chercher à pied pour m'accompagner à cette célébration.

— Mademoiselle Joséphine Ledoux !

Je sursaute. Zut ! J'étais encore dans la lune ! Le surveillant me lance un regard sévère.

— Je vous prie de reporter votre attention sur le travail que vous devez effectuer. Il ne vous reste que cinq minutes.

— Euh, je suis désolée. Je m'y mets tout de suite.

Les joues rouges, je saisis mes crayons et j'entreprends de terminer mon fameux autoportrait. Ce n'est pas l'idéal avec mon attelle, mais qui sait ? En dessinant de la main gauche, cela donnera peut-être un petit air avant-gardiste à mon « œuvre d'art »…

Je consulte l'horloge accrochée au mur. Plus que deux minutes avant que je puisse quitter le collège pour me rendre à la fête. Deux petites minutes de pénitence. Juste le temps qu'il faut pour finir mon devoir.

Je suis en train de ranger mes crayons après avoir remis mon dessin, quand le surveillant m'interpelle de nouveau :

— Mademoiselle Ledoux !

Je fais la moue. Qu'est-ce que j'ai fait, encore ? Si ça continue, Anthony va attendre après moi. Je me tourne vers le surveillant, réticente.

— Je crois que quelqu'un est arrivé pour vous, m'annonce ce dernier, sans même me regarder, trop occupé à terminer un roman.

Surprise, je jette un œil à la porte de la classe. Anthony est là, sourire aux lèvres. Comment a-t-il fait pour se rendre jusqu'ici ? D'ordinaire, il faut s'annoncer au secrétariat. Ah oui ! La secrétaire a dû le reconnaître, puisqu'il a fait tout son secondaire ici.

Je me précipite vers lui, en prenant garde de ne pas m'affaler sur le plancher, tellement j'ai les jambes en coton. Tandis que je me faufile entre les pupitres des autres élèves, je remarque le regard envieux de certaines filles. C'est vrai que, même avec ses bandages, Anthony est super séduisant, vêtu d'un jeans noir et d'un chandail blanc ajusté. Je me réjouis intérieurement de leur jalousie. Bien sûr, je sais qu'Anthony ne me voit encore que comme la meilleure amie de sa sœur, mais je peux quand même rêver. Et puis, quand il était blessé, c'est bien moi qu'il appelait, non? Et c'est bel et bien lui qui est ici pour m'accompagner à la fête. Alors peut-être que mon rêve n'est pas si fou, après tout.

— Salut, Joséphine! me lance Anthony lorsque j'arrive près de lui. Tu as l'air en pleine forme, note-t-il en me donnant une bise sur chaque joue.

J'ai l'impression d'avoir été marquée au fer rouge, tellement la chaleur que je ressens est intense. Je réussis quand même à répondre:

— Merci. Toi aussi. Tu sais, je ne pourrai jamais assez te remercier de m'avoir sauvé la vie. Tu as été un véritable héros. Mon héros...

Je pince les lèvres. Je n'en reviens pas d'avoir eu l'audace de lui répéter ça en face. Anthony demeure silencieux jusqu'à ce que nous sortions du collège. Est-ce que je suis allée trop loin? L'ai-je mis mal à l'aise? Et pourtant... Est-ce que j'imagine des choses, ou est-ce qu'il rougit, lui aussi?

Anthony se racle la gorge.

— Tu aurais fait pareil pour moi, parvient-il enfin à articuler. Ce n'était rien. Euh… Alors, comment a été ta journée? fait-il, dans une tentative évidente pour changer de sujet.

— Très bien. À part cette retenue, je veux dire.

— Je ne peux pas croire que tu as eu une retenue! Comment une fille aussi sage que toi s'est-elle arrangée pour en mériter une? me taquine-t-il.

— Bien... J'ai eu des retards en classe. Je me suis souvent perdue dans le collège au début de l'année.

— Je sais, Catherine m'en a parlé. Nous avons bien ri!

Hum... Il faudra que j'aie une petite conversation avec ma meilleure amie, ce soir. Interdit de se moquer de moi derrière mon dos dorénavant, surtout avec son frère!

— Alors c'est pour ça que tu as eu une retenue? demande Anthony. Parce que tu te perds dans les couloirs?

— Oui et non. Je ne me perds plus dans l'école. J'ai fini par connaître tous les corridors par cœur. Mais...

— Mais quoi?

— Comme nous sommes passés aux bulletins de nouvelles télévisés après notre mésaventure...

— Oui? m'encourage Anthony.

— Tout le monde m'arrête dans les corridors pour me poser un tas de questions. Résultat ? Je suis arrivée en retard une troisième fois dans ma classe d'arts plastiques !

Anthony éclate de rire, avant de prendre ma main dans la sienne.

Je ris à mon tour aux éclats. Je n'aurais jamais cru me sentir si bien en sortant d'une retenue !

Table des matières

Chapitre 1
Un « ouf » pour chaque
occasion 7

Chapitre 2
Le mystère s'épaissit…
comme une forêt 25

Chapitre 3
Des rats, morts ou vifs ! 37

Chapitre 4
Et pourquoi pas un
abominable Sasquatch ? 49

Chapitre 5
Hurlements dans la nuit...... 63

Chapitre 6
Créatures maléfiques
et bandits de grand
chemin 73

Chapitre 7
Prisonniers au milieu
des cages 85

Chapitre 8
La bête 105

Épilogue 117

Sylviane Thibault

J'espère que vous avez aimé cette nouvelle aventure mettant en vedette Twister le chien détecteur, sa jolie maîtresse Joséphine et leurs camarades. Quoique, comme moi quand je l'ai écrite, vous avez dû ressentir des émotions fortes et beaucoup de palpitations. Peut-être même avez-vous versé quelques larmes. N'en soyez pas gênés, j'en ai versé aussi. Le sujet n'était certes pas facile, mais je trouvais important de l'aborder, car des situations comme vous venez de voir dans mon histoire ne sont pas si rares, malheureusement. Et moi qui adore les animaux, tout particulièrement les chiens, je ne pouvais pas, et je ne voulais surtout pas, les passer sous silence. Alors si j'ai pu vous divertir tout en vous informant, j'aurai accompli la mission que je m'étais confiée. Et qui sait... Peut-être qu'en mettant en lumière ces horreurs, elles se produiront de moins en moins. Je le souhaite ardemment, en tout cas.

J'ai tout de même adoré écrire cette aventure et c'est pour moi un grand bonheur que de la partager avec vous. Si vous avez aimé la lire et que vous avez envie de partager à votre tour avec moi, n'hésitez pas à m'envoyer un courriel à l'adresse suivante :

lecteurs@sylvianethibault.com

Vous pouvez aussi visiter mon site Internet, au :

www.sylvianethibault.com.

Derniers titres parus dans la
Collection Papillon

25. **Des matières dangereuses**
    Clément Fontaine

26. **Togo**
    Marie-Andrée et
    Geneviève Mativat

27. **Marélie de la mer**
    Linda Brousseau, Prix littéraire
    Desjardins 1994 (traduit en
    anglais et en italien)

28. **Roberval Kid et
    la ruée vers l'art**
    Rémy Simard, Prix du livre
    de fiction de l'année 1994

29. **La licorne des neiges**
    Claude D'Astous

30. **Pas de panique, Marcel !**
    Hélène Gagnier

31. **Le retour du loup-garou**
    Susanne Julien

32. **La petite nouvelle**
    Ken Dolphin

33. **Mozarella**
    Danielle Simard

34. **Moi, c'est Turquoise !**
    Jean-François Somain

35. **Drôle d'héritage**
    Michel Lavoie

36. **Xavier et ses pères**
    Pierre Desrochers

37. **Minnie Bellavance, prise 2**
    Dominique Giroux

38. **Ce n'est pas de ma faute !**
    Linda Brousseau

39. **Le violon**
    Thomas Allen

40. **À la belle étoile**
    Marie-Andrée Clermont

41. **Le fil de l'histoire**
    Hélène Gagnier

42. **Le sourire des mondes
    lointains**
    Jean-François Somain
    (traduit en japonais)

43. **Roseline Dodo**
    Louise Lepire, finaliste
    au Prix littéraire Desjardins

44. **Le vrai père de Marélie**
    Linda Brousseau

45. **Moi, mon père...**
    Henriette Major

46. **La sécheuse cannibale**
    Danielle Rochette

47. **Bruno et moi**
    Jean-Michel Lienhardt

48. **Main dans la main**
    Linda Brousseau

49. **Voyageur malgré lui**
    Marie-Andrée Boucher Mativat

50. **Le mystère de la chambre 7**
    Hélène Gagnier

51. **Moi, ma mère...**
    Henriette Major

52. **Gloria**
    Linda Brousseau

53. **Cendrillé**
    Alain M. Bergeron

54. **Le palais d'Alkinoos**
    Martine Valade

55. **Vent de panique**
    Susanne Julien

56. **La garde-robe démoniaque**
    Alain Langlois

57. **Fugues pour un somnambule**
    Gaétan Chagnon

58. **Le Voleur masqué**
Mario Houle, finaliste au
Prix du livre M. Christie 1999

59. **Les caprices du vent**
Josée Ouimet

60. **Serdarin des étoiles**
Laurent Chabin

61. **La tempête du siècle**
Angèle Delaunois

62. **L'autre vie de Noël Bouchard**
Hélène Gagnier, Prix littéraire
Pierre-Tisseyre jeunesse 1998

63. **Les contes du calendrier**
Collectif de l'AEQJ

64. **Ladna et la bête**
Brigitte Purkhardt, mention
d'excellence au Prix littéraire
Pierre-Tisseyre jeunesse 1998

65. **Le collectionneur de vents**
Laurent Chabin, sélection
Communication-Jeunesse

66. **Lune d'automne
et autres contes**
André Lebugle, finaliste au
Prix du livre M. Christie 2000

67. **Au clair du soleil**
Pierre Roy

68. **Comme sur des roulettes !**
Henriette Major

69. **Vladimirrr et compagnie**
Claudine Bertrand-Paradis,
mention d'excellence au
Prix littéraire Pierre-Tisseyre
jeunesse 1998 ; Prix littéraire
Le Droit 2000, catégorie
jeunesse

70. **Le Matagoune**
Martine Valade, sélection
Communication-Jeunesse

71. **Vas-y, princesse !**
Marie Page, sélection
Communication-Jeunesse

72. **Le vampire et le Pierrot**
Henriette Major, sélection
Communication-Jeunesse

73. **La Baie-James des «Pissenlit»**
Jean Béland, sélection
Communication-Jeunesse

74. **Le huard au bec brisé**
Josée Ouimet

75. **Minnie Bellavance déménage**
Dominique Giroux

76. **Rude journée pour Robin**
Susanne Julien, sélection
Communication-Jeunesse

77. **Fripouille**
Pierre Roy, sélection
Communication-Jeunesse

78. **Verrue-Lente, consultante
en maléfices**
Claire Daigneault

79. **La dernière nuit de
l'*Empress of Ireland***
Josée Ouimet, sélection
Communication-Jeunesse

80. **La vallée aux licornes**
Claude D'Astous

81. **La longue attente
de Christophe**
Hélène Gagnier, sélection
Communication-Jeunesse

82. **Opération Sasquatch**
Henriette Major, sélection
Communication-Jeunesse

83. **Jacob Deux-Deux
et le Vampire masqué**
Mordecai Richler

84. **Le meilleur ami du monde**
Laurent Chabin, sélection
Communication-Jeunesse

85. **Robin et la vallée Perdue**
Susanne Julien, sélection
Communication-Jeunesse

86. **Cigale, corbeau, fourmi
et compagnie (30 fables)**
Guy Dessureault

87. **La fabrique de contes**
Christine Bonenfant, sélection
Communication-Jeunesse

88. **Le mal des licornes**
Claude D'Astous

89. **Conrad, le gadousier**
Josée Ouimet, sélection
Communication-Jeunesse

90. **Vent de folie sur Craquemou**
Lili Chartrand

91. **La folie du docteur Tulp**
Marie-Andrée Boucher Mativat
et Daniel Mativat, sélection
Communication-Jeunesse

92. **En avant, la musique !**
Henriette Major

93. **Le fil d'Ariane**
Jean-Pierre Dubé, sélection
Communication-Jeunesse

94. **Charlie et les géants**
Alain M. Bergeron

95. **Snéfrou, le scribe**
Evelyne Gauthier, sélection
Communication-Jeunesse

96. **Les fées d'Espezel**
Claude D'Astous, sélection
Communication-Jeunesse

97. **La fête des fêtes**
Henriette Major, sélection
Communication-Jeunesse

98. **Ma rencontre avec Twister**
Sylviane Thibault, sélection
Communication-Jeunesse

99. **Les licornes noires**
Claude D'Astous, sélection
Communication-Jeunesse

100. **À la folie !**
Dominique Tremblay, sélection
Communication-Jeunesse

101. **Feuille de chou**
Hélène Cossette, sélection
Communication-Jeunesse

102. **Le Chant des cloches**
Sonia K. Laflamme, sélection
Communication-Jeunesse

103. **L'Odyssée des licornes**
Claude D'Astous, sélection
Communication-Jeunesse

104. **Un bateau dans la savane**
Jean-Pierre Dubé

105. **Le fils de Bougainville**
Jean-Pierre Guillet

106. **Le grand feu**
Marie-Andrée Boucher
Mativat, sélection
Communication-Jeunesse

107. **Le dernier voyage de Qumak**
Geneviève Mativat, sélection
Communication-Jeunesse

108. **Twister, mon chien détecteur**
Sylviane Thibault, finaliste au
Prix littéraire Hackmatack
2006-2007

109. **Souréal et le secret
d'Augehym Ier**
Hélène Cossette

110. **Monsieur Patente Binouche**
Isabelle Girouard

111. **La fabrique de contes II**
Christine Bonenfant, sélection
Communication-Jeunesse

112. **Snéfrou et la fête des dieux**
Evelyne Gauthier

113. **Pino, l'arbre aux secrets**
Cécile Gagnon

114. **L'appel des fées**
Claude D'Astous

115. **La fille du Soleil**
Andrée-Anne Gratton,
sélection Communication-
Jeunesse

116. **Le secret du château
de la Bourdaisière**
Josée Ouimet

117. **La fabrique de contes III**
Christine Bonenfant

118. **Cauchemar à Patati-Patata**
Isabelle Girouard

119. **Tiens bon, Twister !**
Sylviane Thibault, sélection
Communication-Jeunesse et
2e au Palmarès Livromanie
2007-2008

120. **Coup monté au lac Argenté**
Diane Noiseux, sélection
Communication-Jeunesse

121. **Sombre complot au temple d'Amon-Râ**
Evelyne Gauthier, sélection
Communication-Jeunesse et
5e au Palmarès Livromanie
2007-2008

122. **Le garçon qui n'existait plus**
Fredrick D'Anterny

123. **La forêt invisible**
Fredrick D'Anterny

124. **Le prince de la musique**
Fredrick D'Anterny

125. **La cabane dans l'arbre**
Henriette Major, sélection
Communication-Jeunesse

126. **Le monde du Lac-en-Ciel**
Jean-Pierre Guillet

127. **Panique au Salon du livre**
Fredrick D'Anterny

128. **Les malheurs de Pierre-Olivier**
Lyne Vanier, sélection
Communication-Jeunesse

129. **Je n'ai jamais vu un Noir aussi noir**
Claudine Paquet, sélection
Communication-Jeunesse

130. **Les soucis de Zachary**
Sylviane Thibault, sélection
Communication-Jeunesse
et finaliste aux Prix littéraires
Hackmatack et Tamarack
2008-2009

131. **Des élections sucrées**
Isabelle Girouard, sélection
Communication-Jeunesse

132. **Pas de retraite pour Twister**
Sylviane Thibault, sélection
Communication-Jeunesse

133. **Les voleurs d'eau**
Fredrick D'Anterny

134. **La tour enchantée**
Fredrick D'Anterny, sélection
Communication-Jeunesse

135. **Matin noir dans les passages secrets**
Fredrick D'Anterny, sélection
Communication-Jeunesse

136. **Valeria et la note bleue**
Diane Vadeboncœur

137. **Ariane et les abeilles meurtrières**
Jean-Pierre Dubé,
finaliste aux Prix littéraires
Hackmatack et Tamarack
2009-2010

138. **Lori-Lune et le secret de Polichinelle**
Susanne Julien

139. **Lori-Lune et l'ordre des Dragons**
Susanne Julien

140. **Lori-Lune et la course des Voltrons**
Susanne Julien

141. **Ras les cheveux !**
Sarah Lalonde

142. **Odyssée troublante à la pointe claire**
Louise-Michelle Sauriol,
finaliste aux Prix littéraires
Hackmatack et Tamarack
2009-2010

143. **Lori-Lune et la révolte des Kouzos**
Susanne Julien

144. **Haut les pattes, Twister !**
Sylviane Thibault,
finaliste au Prix littéraire
Hackmatack et lauréat
du Prix Tamarack 2009-2010

145. **Twister et la menace invisible**
Sylviane Thibault, sélection
Communication-Jeunesse

146. **La grosse tomate qui louche**
Pierre Roy, prix littéraire des
enseignants AQPF-ANEL 2010

147. **La poudre du diable**
Fredrick D'Anterny, sélection
Communication-Jeunesse

148. **La guerre des épis**
Fredrick D'Anterny, sélection
Communication-Jeunesse

149. **La guérisseuse d'âmes**
Fredrick D'Anterny

150. **Monsieur Édouard et mademoiselle Jasmine**
Lyne Vanier, sélection Communication-Jeunesse et finaliste au Prix littéraire Ville de Québec 2009

151. **Ma mère souffre dans sa tête**
Carole Muloin

152. **Le journaliste fantôme**
Fredrick D'Anterny

153. **Tony la Bottine**
Céline Lavoie, finaliste au Prix littéraire Hackmatack 2010-2011

154. **Les justicières de la nuit**
Fredrick D'Anterny

155. **Fées en péril**
Claude D'Astous

156. **Le tribunal des licornes**
Claude D'Astous

157. **Immaaluk, quelques jours chez Quara et Kunuk**
Jacques Pasquet

158. **Le crayon et le collier**
Angèle Delaunois, sélection Communication-Jeunesse

159. **Le combat des caboches**
Marie Beauchamp, sélection Communication-Jeunesse et finaliste au Prix littéraire Hackmatack 2012

160. **Zack et ses électrons**
K. Lambert

161. **Le garçon qui aimait les contes de fées**
Lyne Vanier, sélection Communication-Jeunesse et finaliste au Prix littéraire Tamarack 2012

162. **Le trésor de monsieur Vantetard**
Isabelle Girouard

163. **Pas de chocolat pour Twister**
Sylviane Thibault

164. **L'énigme de la Vif Argent**
Fredrick D'Anterny

165. **Marélie de la mer**
Linda Brousseau

166. **Le vrai père de Marélie**
Linda Brousseau

167. **Francis perdu dans les méandres**
Jean-François Roberge

168. **Jacou d'Acadie**
Guy Dessureault

169. **Le mystère de la dame de pique**
Fredrick D'Anterny

170. **Les sanglots de l'oie bleue**
Linda Brousseau

171. **L'énigme de la rose noire**
Sylviane Thibault

172. **Félix déboule et redouble**
Pierre Roy

173. **Les pirates du Lac-en-Ciel**
Jean-Pierre Guillet

174. **Les voyages d'Ophélie-Anne**
Isabelle Montpetit

175. **La société secrète C.D.G.**
Hélène Rompré, sélection Communication-Jeunesse, finaliste au Prix des libraires 2012

176. **Opération orange soufflée numéro 7**
Lyne Vanier, sélection Communication-Jeunesse

177. **Prédictions pétillantes pour emporter**
Marie Beauchamp

178. **Urgence**
Pierre Roy, sélection Communication-Jeunesse

179. **Hubert au pays des mille collines**
Claudine Paquet, sélection Communication-Jeunesse

180. **Lori-Lune et le soleil mortel**
Susanne Julien

181. **La blessure invisible
de mon père**
Claudine Paquet

182. **Le combat de Twister**
Sylviane Thibault